崖っぷちの自画像

死は
ほんとうに
厄介だ

高嶋進

左右社

看取りへの道

巨大な岩塊がある。

夕方、鋸岳に沈む太陽の余映を受けて、甲斐駒岳の頂が瞬間金色に染まる。みるみる濃紺に暮れてゆくまでの、暫らくの間の色彩の移ろいは時を忘れ、空間を忘れさせる。程無く山麓一帯の暗闇が山稜へと迫り上がり、入れ替わってスキー場の灯がスロープを点灯しながら滑り降りてくる。

遠望する了作には真珠のネックレスだ。

その灯の細紐に沿って緩《ゆっく》り降りてくるものがある。それを微弱な音波だと了作は集中して意識する。それは次第に振動数を増し、麓から真直ぐに了作に迫って来る。了作の耳に到達し脳内に入り側頭葉で反応、電鈴が鳴り響く。

暮れる甲斐駒に没入していた了作は、幻聴だ、と繰り返す連続音に耐えていた。

幻視、幻聴は、実体のないものを知覚する幻覚の代表だ。視覚は目を閉じたり背けたりで感覚の遮断は容易だ。聴覚は耳を掩《おお》っても完全な遮断は難しい。幻視より幻聴がつらい。了作も鬱状態では自分の考えが声になって聞える「思考化声」で悩む。


暫らくして現実の電話だと知覚する。

受話器をとる。老母だ。九十過ぎての独り暮らしだ。東京からだ。

「そこにいたか。いま、ここにいたのに」

持病の腰痛悪化からの妄想である。隣に座る了作を幻視し喪失したのだ。

二五〇〇キロメートルを翔ぶ幻覚だ。

凶事の予感を覚え、了作は翌朝の特急列車で上京する。屋敷の玄関先で声をかける。部屋から這い出る老婆は、廊下に伏して、手と足で這う匍匐前進で囲炉裏端に寄る。両膝・両肘・額を地につけた姿はチベット仏教の苦行、五体投地を思わせる。

了作は一瞬、息を呑む。高齢化社会の現実に迫られる。それは老人問題を蔓延させ、了作に死への道程を急浮上させる。生老病死はこの世で避けられない四苦だ。

「この歳まで生き残ったとは……」の慨嘆は彼女の口癖である。

北陸が郷里の娘夫婦の家を抜けだしたのは十二年前だ。徘徊や妄想の渦中での単独行だ。上京し了作の留守宅を終《つい》の住処に定め、独居生活を強請する。凄い執念だ。了作が危険を理由に帰郷を促しても応じない。

老いの一徹の強情が通って、独り暮らしが始まった。

然《しか》し、当然の予測どおり、過去の経験上主張していた家事一切の自己処理は、日ならずして破綻する。洗濯の遅滞、炊事の小火、食の摂取不足。糅《か》てて加えて、靴や財布の「盗られ妄想」や「幻の下宿人」現象で二階に幻の小動物を創るなど、晩発性妄想症といえるものを頻発する。

了作は堪らず介護サービスの利用を市に申請する。二〇〇〇年にスタートした介護保険法は未だ日も浅く課題も多く、法改正に向けて準備中だった。

兎にも角にも、介護保険は家族革命だ。従来の家族制度の崩潰とともに、私事とされていた介護が、家族の責任だけではない、公のものという合意ができたのだ。

了作にとっては画期的な出来事だ。昔の家父長制が壊れ個人主義になったとはいえ、長男の了作は内心忸怩たるものがあった。老母の残された時間とホスピスへの道の、医療、介護のサポートは了作には望外の支援策だ。

連日のヘルパー派遣は貴重だ。

ところが老母の頑固な拒絶反応にあう。

他人の家事援助は疎か、他人が家に入ることにさえ剥きだしの嫌悪感を示す。過去に未経験の、他人に依る世話への違和感だけが先に立つのだ。昔気質《かたぎ》が邪魔をして、介護には馴染めないのだ。

了作は老人の強情さに苛立ち、宥《なだ》め賺《すか》すがお手上げだ。

熟練ヘルパーは忍耐強い。矯《た》めつ眇《すが》めつ介護保険の仕組みを説明し、介護サービスを受ける権利を納得させる。老人は根気負けの形で軍門に降《くだ》る。その練達の懐柔術に了作は舌を巻く。

ようやく介護サービスは船出し、初体験の老母を引摺《ず》るようにして航海を続ける。家事援助だけではない人間同士の触れ合いは、次第に老人の生存意欲を刺戟するかにも見えた。然《しか》し当人には状況把握の認識は全く無い。介護士、看護師、市職員の識別は不能。何時、誰が、何故訪問したかは記憶に無い。

それに時間とともに、生活機能の衰えは増す。

歩行、食事、排泄、入浴、着衣脱衣の動作が日を追って緩慢になる。

そして迎えた冬、暖房、台所の火の不始末が突発した。寒冷期の体不調による「盗られ妄想」が激しく他人を非難し責める。過去に押し込めた感情を外に出して解決したいのだと了作は分析はするが、「認知の混乱」の末に自殺願望で寝床のなかに出刃包丁を持ち込むに至っては、狂言半分としても施《な》す術もない。

遂には、夜間、安否確認のヘルパーを長時間玄関先に締め出し、門前払いを食わす。

その拒絶症の勢いに辟易した了作は打開策を捻《ひね》りだす。

まずは多数の若いヘルパーたちの小刻みの連携サービスを断る。

替わりに、年配のヘルパー二名を絞り込み、二十四時間態勢に近いケアにする。

従来は、事業所が一週間のケアサービスの時間割りを作成していた。曜日と時刻を縦横に交錯させた升目の中に、一区画、一時間を一齣としてケアを嵌め込む仕組みだ。即ち小刻みのケア時間を次々に連携してサービス枠を埋める。必然的に多数が係る。齣の故障には即座の対応だ。

了作は舞台の「香盤」を思う。総俳優の出場と役割を表示した図版だ。

ケアの時間割りは合理的で機能的だが、そのメカニズムは人間性に欠ける。家事の流れ作業への違和感は措くとしても、多人数との接触は当人は素《もと》より了作にも目《め》紛《まぐ》るしい。老人はその変化を喜ぶと事業所は主張するが、了作は疲労困憊で音をあげる。

了作にとって折からの幸運は新しいケアマネジャーとの出会いだ。

ケアマネは「保険制度の要」といわれ、中立公正な立場で利用者の自立に必要なサービスを選び導入するのだ。

新任のK女は、了作の法外ともいえる介護の要求を考慮に入れてケアプランを作成した。彼女はきちんとした情報と知識を持ち、人間への洞察力と共感があった。了作は予予《かねがね》、介護は家事援助の行為以上に精神面への支えが重要だと考える。腰痛の訴えは半分は精神的な要素だといえる。

老人問題は難しい。

老人介護の根本問題の一つは死の問題だ。老いには衰え方の作法・技法とその思想とを必要とする。しかし死への道の考察を含んだ老人教育の実践は、現在社会には皆無だ。途方に暮れた老人たちが急増していく。

老いには、思想としての死の準備が不可欠なのだ。

確かに、宗教的なものこそは死への強力な考察の場である。現在はその雰囲気や場が見当たらない不幸がある。宗教の枠内での解決が望めない者には切実な問題だ。各種の宗派に帰依する信者は別問題だ。

その昔、老人たちは寺に集まって坊さんの「浄土」や「阿弥陀様」の話で死出の旅の下拵えした。

昨今それは不可能な状況だ。

了作は坊さんの代役を意識して、囲炉裏端で老母に語りかける。

最初は、突飛にもキューブラー・ロス『死ぬ瞬間』やスウェーデンボルグ『霊界日記』を御伽草子風に説き、死んだ知人は霊界で生きていたと話す。

次いで『チベット死者の書』に触れる。死は終わりではなく、死者の意識がバルドの世界に入りさまざまな体験をする話だ。

これらの著作は了作の座右の書だ。

彼女の取り柄は読書好きだ。一晩中、本の頁を開いている。西村京太郎の愛読者だ。ほとんどの作品を読破している。

大脳・前頭葉の活字識別能力だけは衰弱が遅れている。残存する知覚に訴える了作の話題に抵抗はしない。

深沢七郎の『楢山節考』には興味津々だ。

雪の楢山へ老母を背板に乗せて捨てにゆく息子の話だ。姥捨山の棄老伝説にもとづいた悲しい因習の世界だ。山の途中での白骨や死骸、死人の残酷な描写にも、彼女は表情を崩さず平然としてむしろ得心がいく風だ。逆に了作は身につまされて胸がつまる。

成行に委《まか》せて了作は、洋の東西を問わず先哲の死の思想を披瀝する。ハイデッガー、サルトル、フーコーなど了作が読み漁っている著作の断片だ。就中《なかんずく》、弘法大師の「同行二人」には心動かす。一人だと思ったらいつでも私がいる、という言葉だ。四国巡礼者の笠に書きつける。

最後は了作の私淑する吉本隆明の言葉から、「死についてはわからない、だから考えなくていい」「独り生まれて独り死す」と彼女を励ます。

結びは、「余程良い所だ、誰も帰って来ないから」と落語なみに話に落ちがつく。

老母を笑わせながらも、了作自身は死の不可解さに拘《こだわ》り、慄然として戦《おのの》き震える。

二人だけの戯言の応酬がせめてもの救いだと了作は慰藉する。

ショック療法ともいえる精神衛生処理法が功を奏したか、ケアマネと二人三脚の介護プランは着実に成果をあげる。極端な妄想や拒絶も消え、黄泉への受容かと了作は快哉を叫ぶ。

この時機、ケアマネの勧めで介護施設選びをする。通所介護（デイサービス）、短期入所生活介護（ショートステイ）利用で、適度な運動や集団生活の刺戟を与える目的だ。

施設巡りは憂鬱な作業だ。設備は新しくても終末期老人の集まりは暗く異様だ。生きる屍、形骸のように生きる老人は、存在の殻を思わせる。蠢《うごめ》く魑魅魍魎だ。疑惑と絶望、憎悪で縋《すが》る眼球が了作に集中する。遠慮がちに佇《たたず》む了作は、その場を逃げ出すのを怺《こら》えるのが精一杯だ。この鬼気迫る状況は受け入れ難い。老母にしても無理だ。職員の説明を振り切って玄関をでる。耐えて、続けて、五ヶ所めには息も出来ず蹲《うずくま》る。

公的資金が出ているため利用料金が格安の、特別養護老人ホーム共通の空気を感じる。介護施設での暴行、虐待、殺人などの新聞記事が了作の脳裏をかすめる。介護悲劇の老人たちの死相、死臭が鼻を突く。死を待つ家は疎《おろ》か、墓場への溜り場だ。

啄《ついば》む悪夢の嘴《くちばし》を叩き落とすようにして、了作は立ち上がる。

諦めて有料老人ホームを選び直すか。了作は見学から除外していた。利用料、保証金、自己負担金の別途経費が必要なのだ。

腰が抜けた了作は、気力なく最後の特別養護老人ホームに向って歩きだす。郊外へ延びる国道を横切って、高速道路下の隧道を抜けると田園情趣に富む一帯が拡がった。

目指す施設は風景の奥まったところに平たく横長にあった。

受付で、余所とはどこか違った印象だ。

内装がセメント材の現代風でなく、木材の山小屋風で荒《すさ》んだ了作の気分を和ませた。

案内の職員や出合う表情は穏やかで静謐だ。多数の人間が動く気配はあるが無音だ。

冷ややかな無味乾燥はなくヒューマンだ。了作の心身の疲弊、消耗が回復する。終わりよければ全てよし。地獄に仏だ。

了作は即座に利用を申し込む。

〈くにたち苑〉が名称である。

帰る際、振り返れば建物は夕靄に溶け薄墨の淡彩画だ。気づくと、三方を川に囲まれている。水際の風が立つ。遠くに丹沢山塊の影。国道沿いの騒音は田園風景の空気の重さと厚みに圧し潰されている。奥多摩の景勝を上流にする多摩川が、東京湾に注ぐ足掻《あが》きで浮あがり中空に雲霞とたなびく。了作は流れに耳を洗う。静寂の温もりに包まれ、冷たい寂寞はない。

巨大な岩塊がある。

荒れ模様の甲斐駒岳がいる。残雪の鬟の斑顔を揺する。飛来する雲を振るう。春嵐の前触れだ。高さの違う雲の、それぞれの進む方向が異なる。問答雲と呼ばれる。雲の集まる様は、あちこちから船が集まる港だ。昔から、雲の浮波・雲の波路と空は海に、雲は波に譬えられる。

甲斐駒の天空は荒れた海だ。

黒い雲と雲の間隙を縫って真紅と金色が輝く。光る海だ。

甲斐駒の空が一面の海だ。緑玉に光る沖縄から佐渡沖の紺碧。北海の奥尻島から長崎・五島の外海へ。了作の脳細胞、記憶の情報が映写する。

雲の姿は千変万化して波になり、雲になり飽きない。了作は記憶の荒波に溺れる。

磐石の重みを誇る甲斐駒は万古不易だ。人生の記憶を強引に次々誘いだされて、了作は吸い取られ、萎《しぼ》んで、力なく平伏する。ベランダで甲斐駒と対峙のお定まりの構図だ。

古希を超えてなお了作は、生来の人間嫌いが昂じて益々反骨に傾く。昨今話題の中核は知人の死と親の介護だ。

了作の無二の友の訃報は呆気なく、逝った。柴田、川口、両人とも胃と肺の癌で幕切れだ。

別離の悲哀は死において完璧だ。

未来永劫、胸襟を開いた会話はない。頼れる人々も新聞の死亡欄に並んだ。とり残された了作は途方に暮れる。

社会体制は扨措《さてお》き、死の省察、老人介護の疑義には苦慮する。死に拘《こだわ》り続けた人間として、死は虚しく、不可解のまま曖昧模糊だ。

老人介護は切実な現実だ。理論と実践は不可分だ。常に苦渋の選択を迫る。

老人介護の苦しみなしで世を去った友は幸せとよぶべきか。親たちはほとんど卒寿をすぎて、介護の形はさまざまだ。

介護の社会化が介護保険の理念だが、当初、制度的・財政的な基盤整備が不十分で、介護する家族が胃に穴があいたり、家庭崩潰、介護離婚など深刻な事態が多発した。

極端な場合、厳しい生活環境の家族が介護ストレスで不安が増殖し、殴る蹴る、介護放置の虐待に至る。

逆に、戦後寄り添って生き抜いた母娘二人、相思の仲は、施設は素《もと》より他人の介護ヘルプを拒絶。相抱くようにして一室に籠もり余命を同道する。娘は母の排泄物に馴染んだと了作に告げたあと、体調を崩し入院する。了作は姥棄山頂の母娘を心象する。

一方、逸早《いち》く施設入所の百歳母を抱える独身キャリア・ウーマンは、認知症を嘆き母の寸言に一喜一憂し乍《なが》ら働く。介護費の高負担に耐え、自社の倒産を避けるのに必死だと了作に電話がある。

又、生涯ダンディで通した老俳優は、米寿で妻を亡くし、毅然として傲慢不遜に撤す。他者を寄せつけず独居して名曲録音に凝る。室内に糞尿の臭い充満させても無視。時折娘が忍んで処理。彼の葬儀で了作は知る。

介護保険制度は十六年め。その方策は試行錯誤だ。行当りばったり、その場凌《しの》ぎ。介護で全ての高齢者は救えない。限られた予算で老人を幸せにする視点が欠けている。現状は高齢者の切り捨てだ。

了作の場合、幸運にも探し当てた施設で老母は機能訓練に甘んじている。介護の見通しは不透明乍《なが》らも、小康状態だ。

なによりケアマネージャーの僥倖に恵まれた。制度の改正でケアプラン作成拒否が起こり、自己作成に追い込む〈ケアマネ難民〉と呼ばれる問題が浮上したのだ。

了作は晩年に予期しなかった介護問題に翻弄される。

介護は、する人と受ける人の信頼感、親愛感がその枢軸になる。両者の人間関係は絶望的だ。

先行き自分の介護を含めた死に至る準備は必須事項だ。それは全く未知の分野だ。人跡未踏の地といえる。日本の歴史で前例のない、道無き道に分け入る。

了作は引き締まった表情で思案する。

思想としての死の準備は死を考えることだ。某大学で「死生学」の講義が人気だ。

視覚に訴える素材で死を取り上げ、死を様々な角度から考え生きる意味を問い直す。

生きている者は必ず死ぬ。生死することで人は完全に平等だ。全ての人の死の原因は生まれたことだ。

了作は中学生で覚えた〈メメント・モリ　死を想え〉を座右の銘にする。この言葉は、ペスト蔓延の中世末期、ヨーロッパで使われた宗教用語だ。そして西欧作曲家のデス・マスクが机上に並んで、常に死の考察を強迫する。

教育学者の上田薫は、若い時から死を考えよう、と「老い」を学ぶ授業も提案する。

「……孤独や死や不安に人間や社会がどうかかわるべきか、差し迫った問題だ」と話し、現在、老人や社会が置かれている状況は昔より残酷だ。宗教にしても本当に有効なのか。禅堂や修道院の世界もあるが、日常の中で生身の悲しみや孤独とどれだけぶつかっているか、疑問だと云う。

「私たちは今一様に世の成行を憂い、前途に強い不安を覚えている。すぐ向こうには形容しようもない暗い不気味なものが見えているのである。残念ながらそれはどう考えても錯誤ではない。……地球はもうこれまでと違ってしまっているのである。国家も民族も宗教も、みなこれまでの組み立てを勇気をふるって根本から変革すべきだ」と力説する。

六十年前だ。

変革の情熱に憑かれて俗塵に塗《まみ》れた。

了作は、小劇場運動に賭け、社会を変えるパワーに満ちエネルギーを噴出させた。

あれから歴史は大きく流れた。

ベルリンの壁が崩潰、東西ドイツ統合。そのあと湾岸戦争。ソ連が崩潰、冷戦構造が崩れ、米国の軍事力による一極化現象だ。

この間、大量殺戮戦争の続発、民族戦争の頻発、地球環境破壊など惨憺たる状況だ。

一九四五年以後の日本は素早く経済的に復興する。技術的にも発展があって経済大国になる。平和憲法の精神を尊重して軍事力に頼らない道を歩んだ。

然《しか》し戦争に関して、政府が平和主義に積極的だったとはいえない。方向転換してまた戦争の方向に向うのではないかという心配は常にあった。

九九年、新ガイドライン法案が通った。一種の戦争準備法案だ。この年に成立した、盗聴法、国民総背番号制、日の丸国旗・君が代国家法は、国家権力による強制を可能にする法律だ。これらの法律は使い方によって時を経て発火する法律だ。

その法律の承認は議会の多数派が握っている。民主主義の根底は多数派で行動しても、常に少数派意見を尊重することだ。現在の議会は少数意見を無視する。

ここ数年、了作にはわが国の右傾化が際だって目につく。

〇六年秋、小泉政権を継承した安倍政権は、米国ブッシュ政権の力の政策に便乗して、日本を軍国主義化する方向を明示した。同年十月三十一日、米英の新聞社、メディアグループのインタビューで改憲について「時代にそぐわない条文として典型的なものは憲法九条。日本を守るとの観点、国際貢献を行っていく上でも憲法九条を改正すべきだ」と強調した。

だが憲法改正の手続きの規定は現実には難しい。安倍首相の狙いは、憲法の解釈を変える「解釈改憲」か。そして改憲の次の段階に徴兵がくる。

ともあれ憲法改正は間違いだ。現在、日本の政治はアメリカの支配下だ。従属国だ。この状況下で憲法九条の改正は、日本の自衛隊が米軍の支配下におかれ、米軍の一部隊にされることを意味する。「戦争国家」へ暴走し、再び破滅へ導くのが安倍政権だ。

了作は驚天動地、ほとんど錯乱状態だ。

遡《さかのぼ》る七十余年、敗戦直前の暗く陰鬱な夜。管制灯火の下の悲壮感、絶望感。切歯扼腕して一敵一殺を誓う軍国少年。暁の開聞岳に挙手の礼で祖国に決別する、特攻機海野少尉。死に損じた風間少尉の慟哭……老化の果てにいて意識に浮かぶ心像。いかなる脳細胞の働きか。脳裏に刻印されたままの死出の旅。

了作は沈鬱な顔で甲斐駒を見あげる。

縋《すが》る思いの岳の中腹に救助梯子はない。

麓は暮れて暗黒だ。

頂だけが残照に光る。

一捌《は》け、好みの雲影を描く。空を横に延びる疾風雲だ。

忽《たちま》ち頭部に、小さな塔のようなこぶが幾つも出来る。搭状雲だ。塔は古城の城壁になる。どす黒いデンマークの空を飛んでゆく黒い雲だ。狂雲だ。

突如浮かびでる、亡霊だ。

毒殺の恨みを告げ、ハムレットに復讐を迫る父王だ。無念の思い、苦渋の皺を刻む顔面が大写しになる。声にならない声で叫ぶ。

一転、見覚えある老人の顔だ。「声なき声」を聞く岸首相だ。六〇年安保闘争の、安保改定、従米政策の元凶だ。全国五百万人の反対デモで退陣。安倍首相の祖父だ。孫に憲法改正の悲願達成を訴える。

半世紀を経て、了作の眼前に顕れた。

二度と見たくない悪夢だ。戦犯の悪臭を放つ老醜の顔だ。人々の心奥く禍根を残す偽善の影だ。

喪った戦後民主主義の亡霊だ。

半世紀、歴史の糸車が一回りだ。輪を描いて回る。回る糸車は戦車の車輪だ。

戦禍の惨死を超えて、和平を歩む蝸牛を潰す。国を壊す売国奴・岸一族が回す糸車だ。了作の耳に「岸を倒せ」のシュプレヒコールが鮮やかだ。死んだ者、囚われ者の呻きが耳を聾する。

甲斐駒岳天空の亡者が了作に襲いかかる。

了作は戦慄する。

身震いして周辺を見回すと、麓の町々は暗い。町に人家がない。いや、家々は見える。家に人が居ないのだ。灯りがないのだ。川原の蛍だ。詫びしい灯だ。

三十年前、軒を連ねた家々には人々が往き来し、子供等が騒いだ。町に灯りが、家々に笑いが、人々に児が、共生があった。

いつの程にか町が消えたのだ。

田畑も山も荒れた。無人の家が並ぶ。

列島の津々浦々から廃屋廃村の情報が目白押しだ。農村の疲弊だ。「国家の実力は地方に存する」とは徳富蘆花の言葉だ。地方が衰えれば国は滅びる。村が消え町が潰れ国が瓦解する。荒廃は太古の昔に還る。人々は山を越えて都会に集まる。都会は豊かになり、地方は貧しい。地方の時代は束の間の夢だ。地方の切り捨てだ。

急速の変わり様だ。

そしてほとんどの識者が、現在、国は壊れたと断言する。

了作は、ごまめの歯軋《ぎし》りで悪事の張本人探しだ。

〇一年から〇六年まで小泉政治があった。その為にいまも多くの国民が苦しんでいる。

小泉元首相は構造改革と称して、行き過ぎた市場原理主義を導入し、日本を破壊した。国民を貧困化させ、地方を切り捨て、中小企業を倒産に追い込み、全国に格差を拡大した。

総中流社会を破壊し、超格差社会にした戦犯は小泉構造改革だ。

〇五年、特別国会で郵政民営化法案が可決・成立した。これで日本の金融資産をアメリカ金融資本の傘下にいれたのだ。

この際、了作は驚くべきことを知る。

アメリカ政府が毎年十月、日本政府に突きつけてくる「年次改革要望書」のことだ。

日本の産業の分野ごとに、アメリカ政府の日本政府に対する規制緩和や構造改革などの要求事項がびっしりと書き並べられた文書だ。最近まで五つの優先分野が指定されていた。通信、金融、医療機器・医薬品、エネルギー、住宅だ。

アメリカが日本に外圧を加えるための新しい武器として、クリントン政権が考え出したものだ。要求された各項目は、日本の各省庁の担当部門に振り分けられ、それぞれ内部で検討され、やがて審議会にかけられ、最終的には法律や制度が改正されて着実に実現されていく。そして翌春アメリカ議会から勤務評定を受ける。

アメリカ対日貿易戦略委員会は、調査研究で、外圧によって日本の思考・行動様式そのものを変形あるいは破壊することが日米双方のためだと結論する。

もちろん、郵政民営化も十年にわたって日本に要求してきたアメリカの悲願だった。この要望書の存在を、日本政府は国民に知らせていない。政府関係者が「まさしくこれはアメリカの第二の占領政策だ……これが漏れればたいへんなことになる」と呟いたというエピソードがある。

了作は暗澹とした思いだ。

気がつけば、改革の名のもと規制緩和を前面に、基幹事業は民営化された。急いだ教育基本法改正で、学校の株式会社化と、米国予備校化が始まっている。

年次改革要望書が狙う医療改革は、日本の医療と医療保険のアメリカの乗っ取りだ。国民すべてが医療を受けられる時代は終わる。医療制度の破壊だ。「農政改革法」は大規模経営での完璧な資本主義化の政策だ。間違いで危険だ。

郵政民営化後、郵便事業の混乱の懸念は現実になった。要望書は次々に日本の姿を変えていく。

教育、医療、農業破壊は進み、格差社会が増殖する。格差社会は地球規模で拡大している。原動力はアメリカ型の金融資本主義だ。背景は個人投資家から資金運用を委託されたファンドマネージャーだ。年金基金の資産運用者だ。これは儲けを唯一の目的とした企業統合を、企業だけでなく教育や医療といった公共部門にまで浸透させる。世界の経済活動をすべて飲み込む。世界を壊すと警告もある。

加えて、ケータイ・ネット依存症の蔓延が人間を壊す。

小泉政権の五年は確かに日本を破壊した。小泉純一郎は日本の戦後政治史上最悪の従米・傀儡政治家だ。だがこの五年、国民は思慮に欠け、彼を容認した。考え浅く、意識は低い。愚民政策に嵌ったのだ。

彼の「自民党を打《ぶ》っ潰す」は「日本を打《ぶ》っ潰す」だった。

とにかく日本を破壊した。破壊の連鎖で国は瓦解した。

了作は恐怖に慄《おのの》く。

視界全部が廃墟だ。遠く拡がる廃墟の地平も廃墟で霞み、空に廃墟が滲む。

一面瓦礫の焼け跡だ。七十一年前だ。

戦後は月面のような廃墟から始まった。七十一年経たいま、了作の脳裡に瓦礫の山の廃墟が浮かぶ。老境の果てでの衝撃だ。壊れた国の末期症状だ。

人類の滅亡、地球の臨終に立ち会っている気分だ。世の中は暗澹そのもの、破綻寸前だ。

世界は疑いなく悪化の一途をたどっていく。滅亡は必至の情勢だ。

死に向かう了作の老いと徒競走だ。思いもかけない状況との遭遇だ。馬齢を重ね過ぎたのだ。

死の断崖に立って見回せば不快な違和感が囲む。限界が見え、希望はない。

了作は焦りを覚える。孤独や死や不安に対する人間や社会の関りが大事だ。多くの老人は不安の中で無為に過ごす。みえない牢獄にいる。

二十一世紀の社会は奈落の底だ。老人の置かれる状況は昔より残酷だ。

了作は老母介護の経緯で、今更ながら、自身の「老と死」で身につまされる。

正に、廃墟の中の老人介護だ。廃墟の中の老であり、廃墟の中の死だ。

そして何時の間にかの戦前・戦時体制だ。戦後七十一年は戦前七十一年なのだ。

了作の抑鬱神経症が昂じる。

「老いてみて、孤独や不安に向かい合って生きる重要さが改めて分かった」(上田薫)。

了作はこの事をあらゆる手段で提示しなければと思う。死生学や老人教育は若い時から必須だ。

窮極の果て、死を選択する力と権利の模索に行き着く。みずから熱慮に熟慮して、これ以上の生命存続を無意味と判定した場合、勇気と誠実と叡知は、安楽死を選ぶ側にある。

了作は空に向って大きく溜息をつく。

懸念の老母介護は〈くにたち苑〉入所以降は心身共に安定状態だ。それまでの四年、居宅介護に較《くら》べれば苦悩は天地の差だ。

気懸かりは態勢であったが、ケアマネ、ヘルパーと協議の時々は、コンベアーのように流れスムーズで頼もしかった。

骨折手術、肺炎では他病院に十数日入退院した。その際は聊《いささ》か肉体に衰弱をみたが、口は達者、脳波明晰だった。それでも確実に看取りへの道を進んでいた。

「看取りはやりません、介護だけ」当初のスタッフが言った。

老人介護は常に看取りと隣合せ、は了作の持論だ。了作は独断で苑の嘱託医から万一の母の死亡診断書入手の手筈を整えていた。そして老衰に準じた状態から「終末期」へ移行する段階を入念に見守った。

四年後、厳寒の朝、凍り道を足をとられながら駆付けた臨終で、予《かね》てよりの葬儀屋と、清拭、死装束、別れ礼を済ませ、霊柩車で運んだ。颯爽と劇映画の手際だ。

昨年の厚労省の調査では、看取り場所の本人の理想は自宅が八割だ。だが、現実には自宅での看取りは一割に満たない。則ち死に逝く本人の意向は蔑ろにされていて、家族や周囲の意向に沿っている。自分の死を考えず、誰かがなんとかすると考えてきた。自分の死については一切語ってこなかった。で、死が実感しにくくなり、死が苦手になった。

死の準備教育が必要になる。人は自分の死が近いと知ると、たいてい「否認」「怒り」「取引」「抑鬱」「受容」の五段階の心理プロセスを辿る。看取り体勢は身体ケアと心のケアが必要なのだ。

思想としての死の準備だ。

叔母が九十五歳になった。

介護老人保険施設に見舞った。それはスケール大きく「二十四時間対応の医療・介護で安心」が謳い文句だ。

県庁所在地の郊外、四方山に囲まれ、山麓平野に展開している。敷地二千坪、鉄骨三階建などが五棟、一般入所棟、認知専門棟がある。かなりの数のスタッフが立ち働いていた。最新設備で明るい、豊かな福祉国家ぶりだ。

だが案内された叔母の表情は難い。口一文字で固まっている。

「帰ります」、決然と言い放つ。

梃摺《てこず》り馴れた姪が絶食示威行為を告げる。

叔母の帰る家はある。あるにはあるが、家庭事情もある。受入態勢がない。叔母にとっては生涯かけた生きる拠点だ。働き、悩み、眠った、全てがあった、そこだけの堡塁だ。そこに自分が居ないことが解せない、訝《いぶか》り怪しむ。生きた基盤だけは忘れない。消せない。老いにつれ鮮明、深くなる。

語彙知らぬまま、在宅介護を求めている。

福祉先進国のデンマークもドイツも制度面で、在宅ケア、つまり訪問医療と訪問介護が中心になっている。

今後の日本も訪問医療・看護・介護による在宅ケア体制に移行していく流れにある。

受入の家庭事情が優先事項だ。

家族、周囲も、思想としての死の準備を。

死を語り、考え、根源の死生観を想い、良き死、良き看取りを模索する。

老人の悩みは些細な事だ。先《ま》ず排泄だ。次に食べる、眠るだ。そして、話す、だ。コミュニケーションの髄だ。

一人に一人が対応することだ。肌理細かい気配りだ。集団では不可能だ。集団は合理性につく。気配りは稀薄に堕す。


了作は老人文学を考える。

老い方に示唆を与え先鞭をつける文学は貴重だ。了作には若年から先哲の著作が生きる寄る辺だった。老死にも、と縋《すが》る。文学に老いは不可欠のテーマであり老死考察は必須の条件だ。

四七年、丹羽文雄『厭がらせの年齢』は八十六歳の老女が孫の間を盥回《たらい》しにされる話だ。

五六年、深沢七郎『楢山節考』は七十歳になったら山に棄てられる掟のある貧村で、運命を静かに受け入れる老女の民話風な話だ。

七二年、有吉佐和子『恍惚の人』は姑のアルツハイマー病で、共働きの妻が苦労する話だ。その後の急激な高齢化社会を予告する。

いずれも話題作で文学の中の老人を意識させた。

就中《なかんずく》、自身の老いを見つめ、精神的体験が入って書かれた典型的な作品は次の三つだ。

室生犀星『われはうたえどもやぶれかぶれ』は軽井沢滞在から、帰京、入院生活、退院までの体験をまとめたもの。入院中すでに犀星はコバルト放射で肺癌であることを知っていた。病床にいて動けなくなった自分の状態を生き生きと小説にして、自己暴露的に緊迫した文体で書いている。死の年の発表だ。どこをとってもよい文章だ。犀星の小説の最高作品だ。

川端康成『眠れる美女』は真紅のビロードをめぐらせた一室で、前後不覚に眠る裸形の美女を横たえ、その傍らで一夜を過ごす老人の秘密の逸楽を描く。主題としては老人だけにしかできない世界だ。文体の浸透力、浸透性が際立って発揮されている。形式的完成美を誇るデカダンス文学の逸品だ。

谷崎潤一郎『瘋癲老人日記』は老残の身でなおも息子の妻の媚態に惑う話。変形的間接的方法での性の魅力、一種の嗜虐的傾向といえると文中にある。性描写の文体は豪華絢爛のイメージを孕んでいる。

三者とも性というのが主題の奥に隠れているモチーフだ。性の退廃を主題にしている。即ち、老いを象徴するものとして性というものを作品に結晶させている。これは老いを考えるのに、その認識の幅を広げ、深めてくれる。

然《しか》し、了作は不満だ。物足りない。

老い自体を深く見つめ、死をとことん追い詰めることだ。

心の内奥での老死との対決を凝縮させ表現するのだ。

これは過去の平均寿命、現在の急速高齢化からみて、文学には未開拓の分野だ。いま、緒に就いたところだ。

作家が自覚的に老いや死に立ち向かうことが肝心だ。それは必ず宗教的考察を必要とする。トルストイ『芸術とは何か』は、宗教的でない文学・芸術は駄目だという論旨である。

そこまで徹底してやらなければ、老人問題の全部を覆うことはできない。ともかく、了作が末路へと向う途次に入ったことは確実だ。末期に近づきつつある。終焉の風景だ。終わりの時間のあり方が問われる。

昨今、老いの生き方の著作が多い。老いの鬱に負けず愉しむ。弧老の幸せ、諦念と余裕、に終始している。

了作には納得できない。唾棄すべきだ。老境の悪用だ。死を意識しての悔悟の告白だ。

遺言めくのを臆せず語ることだ。

遺書めくのを恐れず書くことだ。

時代を語り、変革を語り、抗う自己の内面を語るのだ。ターゲットは掴み所のない、鵺《ぬえ》の社会だ。暗い不気味さだ。

政治は生活の幅より狭いはずなのに、政治は生活を脅かす。政治は黒い死を齎《もたら》す権力を持つ。埴谷雄高は了作の脳裏を離れない。

了作は思案に沈む。

生まれてから死ぬまで全部が見える場所に死がある。M・フーコーの考え方だ。

その場所を目差すのだ。毅然として主体性を維持したまま末路に向う。

その先は死だ。

死しか残っていない。

死には与えられた死と、自ら選ぶ死がある。一方的に運命に呑まれる死は癪だ。自分でおさらばだ。従容として死に就くのだ。古い武士道の残渣だ。

自死とは自殺だ。

自殺は現代社会の世界的な病的症候群だ。

日本の自殺者は七年間連続で三万人を超えた。未遂者を含めると毎日八百人が自死を試みる。異常だ。

『自殺論』のデュルケームによれば、人間は社会的統制が強ければ反発し、緩くなると生きる方向性と実感を失って続々と自死へ向うと云う。人間は理不尽な存在だ。不可解そのものだ。

曰く「不可解」我この恨みを懐いて煩悶、終に死を決するに至る、と楢《なら》の大木に書き残し十六歳の少年が華厳の滝に身を投げた。

軍国少年の了作に一九〇三年の藤村操の自殺は衝撃だった。憂国の時代に背を向け、人生の意義を問い、煩悶し、自我に目醒めた帰結だった。初の哲学的自殺として世に喧伝された。

続いて若い了作の心を揺さぶったのは有島武郎だ。一九二三年、婦人記者と軽井沢の別荘で心中した。

作品『生れ出づる悩み』『惜しみなく愛は奪う』『或る女』は了作を魅了した。人道主義的傾向が強く、社会と自己の同時変革を標榜した。農場を無償譲渡、財産を放棄した。

だが社会と自己の矛盾、相克の末、次第に虚無、死への渇望が増す。死後、吊された二人の遺体は夥しい数の蝶の塊に膨らみ、あけた途端、翔び放たれた翅の光は宙に溢れた。情死現場の描写は了作に焼きついた。

その後も話題の自殺は頻発した。

四八年、太宰治の玉川上水での情死、七〇年、三島由紀夫の自衛隊総監室での割腹自殺、七二年、川端康成のガス自殺は世間を驚かせた。

特に太宰と三島の文学が了作に及ぼした影響は濃い。

了作は幾度も武蔵野の上水縁を散策、戦後めざましい活躍した太宰文学の無頼派ぶりを偲んだ。『斜陽』『人間失格』は戦後への幻滅を実感させ、自殺未遂常習者の情死完遂の衝撃は大きかった。

『仮面の告白』『金閣寺』『豊饒の海』の三島文学にみる美学的自意識は文学青年の心を虜にした。加えて、了作は『近代能楽集』ほかの戯曲に注目していた。文学座で見知った彼の演劇活動に期待しただけにその死は無念だ。

ノーベル賞作家の川端文学は幽玄で悲哀あふるる作風で続いた。栄光の頂点での自死は謎だ。

自死の選択にはそれぞれ秘するものがあり、到底窺い知れない。

その自死で決して忘却を許さない記憶が了作にある。

八月十五日敗戦、陸続と寄せる自決の情報だ。元閣僚、軍司令はじめ総数五百六十八名だ。真夏の太陽が照りつけ汗と涙が滴った玉音放送の悲傷だ。瞬間、了作に自死に就いて思考停止の粒が着床したのだ。

それは脳裏に映写された亡者のイメージとして定着する。月面のような廃墟から立ち上がる夥しい亡者の姿。緩《かん》と歩む透明な貌。廃墟と亡者の二重露出。成仏しない戦没学生、魂魄《こんぱく》の彷徨だ。秘した想いは彷徨する。死に臨んでの自我意識があとに残る。

自死した者は無言だ。黙した亡者だ。

了作の幻視、幻想の企ては果てしない。自死の想像は逞しく、日毎了作を誘う。

振り返れば、自死の想念が日常の些事の蟠《わだかま》りを解き、明日への弾みになっていた。寝食を忘れて仕事に没頭できた時期もあった。

十六年前、甲斐駒岳の麓に蟄居してから尚更、自死への渇望が頭を擡《もた》げてきた。深い森の山荘は樹の精、鳥・獣の息吹の懐だ。そここに亡霊ともいえる影や気配が横溢する。玄関の巨樹の陰、満天星の植込の許、石灯籠の奥に、まるで隠れん坊のように物陰に隠れ潜んでいる。

夕暮、かわたれ時には透明な貌が視野の端を、頻《しき》りと過ぎる。振り向き確かめると無だ。

了作の脳髄の働きが意識を生み、幻視を映す。自意識ほど面妖な厄介者はない。

自死の意識は亡霊たちの隠れ歩きにつれて膨張し、あちらこちら思考はさ迷う。

三万年間、地球上のどの民族も〈死を思え〉を出発点とした独自の精神文化を創りだしてきた。〈いかに死ぬか〉の思想と方法があった。死は必ずくる、死を前提とした人生があった。だが現代の知はこの根源的な問いに答えられない。

自死の考察軸は自転する。

八一年、アメリカの心理学者ラム・ダスを中心に「ダイイング・センター」（死にゆく人を看取るための家）が実現する。彼は『チベット死者の書』を導きの糸として、物質的産業社会に欠落している死の問題に挑む。病院でもホスピスでもない、死を迎え死を学ぶ画期的な施設だ。

『チベット死者の書』は人間の死後の魂がたどる遍歴の書だ。この経典は「いかに死ぬか」の間に答える。生と死を二項対立とせず、その境界を取り払い、生命の秘密を示唆する。

遡る、七三年にラム・ダスは既に「死のためのプロジェクト」を始めていた。死に直面した人々の電話相談、死体を前にした瞑想、死を語る講義のテープ配布が活動の中心だった。

八六年には新しく「リビング・ダイイング・プロジェクト」と名前を変え

る。

死のための家はなく、約三十人のボランティアで、直接、死を迎える人々のもとに出向いて、対話をしながら死を看取る。死は解放につながり、偉大な瞬間になる。チベット密教の死の考え方には奥深い魅力がある。

現在、アメリカのホスピスの数は二千を超えている。だが従来の医療目的とは正反対の方向の、いかに死なせるかという末期医療はまだ手探りの状態だ。

ダイイング・プロジェクトはアメリカの死の最前線であり、ラム・ダスは様々な市民活動や講演で全米を飛び歩いている。

日本も高齢化社会で、死を意識する人が増えている現状では、このプロジェクトの試みを生かす必要に迫られる。

チューリヒにある「ディグニタス」(尊厳)という団体のサービスは「エクスプレス・デス」(特急死)と呼ばれ、患者は致死量以上のバルビタール系睡眠薬を処方され、入院後二十四時間以内に確実に旅立つ。もともとはアルプス山脈という類稀な景勝地を抱えた観光立国だ。最近はあの世へ旅立つ基地として訪れる旅人が増えた。

スイス、オランダ、ベルギーは安楽死の処置を合法化している。

日本人で初めて安楽死を選択したのは、九七年、オランダ在住のネーダーコールン靖子だ。彼女は甲状腺ガンの転移再発で手術後、回復の見込みなく安楽死を希望。五十二歳で逝く。悲惨な死に直面して尊厳ある死を選んだ意志は、衝撃とともに深い感銘を与えた。

オランダの国民の九割が安楽死に賛成で、年間約五千人が安楽死を選んでいる。

安楽死は、死にゆく本人の選択だけでなく、遺された側の価値観をも変えていく厳粛さを含む。

逆説めくが、死を選ぶ自由は、死を選ばない自由の保証の上に成り立っている。

「自死はまだ行使せざる私の最終的自由の権利行使であり、さしあたりはそれを留保することでいまがなりたっている」と喝破したのは辺見庸だ。了作の私淑する作家だ。

評論は、微温に浸かる風景を解像し、時代の危機を炙り出す著作が厖大だ。了作の最も注目し期待する人物だ。

多くの評論家が老境で、世相に従いついて逆らわず生きている姿は堕落で虫酸が走る。辺見庸は唯一孤高を保っている。

○四年、彼は突然、脳出血、癌の二重の災厄に見舞われた。直後の病床で、生と死を、現世への異議を死に身で書き抜いた。○六年三月出版の『自分自身への審問』だ。独り黙していては堪ええない不安と恐怖を文に転嫁したのだ。

○六年四月、病に臥してからの考え、悩みを〈毎日ホール〉で「憲法改悪にどこまでも反対する」と題して講演、その草稿を修正改題して七月『いまここに在ることの恥』を出版。恥なき国の恥なき時代を語る。いまという時のあられもなさ、底なしの虚しさ、隙間もないほどに増殖した無恥について極限の思索に挑んでいる。

そして、この世の不正のみが行われ、反抗が影を没しているいま、顔を歪めて怒り声をあげ訴え続けると断言する。

了作は終焉への道を辺見庸に肖《あやか》りたくて、両の反抗本を幾度も繙く。

夕焼けの甲斐駒岳の空は鮮やかだ。

赤、青、黄と横縞に光るタピストリーだ。架線の放電スパークに魅入り、命と引替えたいと願ったのは芥川龍之介だ。夕焼けの美しさは死と換《か》われるか。

了作は『審問』の最後の章を開く。

ブレヒトの三八年の詩句、ぼくの生きている時代は暗い、を想い二十代の感動を述懐する。

そして辺見庸は論を結ぶ。

「……いまという時代はたぶん〈ぼくの生きてる時代は明るいのに何も見えない〉とでもいうべき時代なのだろう。実際、こんなにも、本当にこんなにも不幸な時代はない。一九三八年よりよほどましだって？　冗談ではない。一九三八年より不自由で、惨めで、不幸な時代がいまなのだ。一九三八年には少なくとも「ぼくの生きてる時代は暗い」と飾りのない言葉でぼそっということができ、それらの言葉ははっきりと風景を指し示し、そういっても誰一人冷笑する者も何やら賢しげに含み笑いする者もいなかったろう。闇は闇、光は光、影は影でありえたのだ。それに、敵と戦って死ぬのにまだ意味がもたらされていたし、殺すべき敵も、こすっからい裏切り者が誰かも皆の眼には見えていたらしい。いま、いったい何が見える？　何が聞こえる？

私には何も見えず、何も聞こえはしない。闇と光と影の区別さえつかない。ならばいっそ「暴動」は起きたほうがいい。見わたすかぎり眩く明るい闇を破り、本来の漆黒の闇たらしめるために、試みにいっちょう大暴れしたほうがいい。顔を醜く歪め、声を思いっきり荒げて、これ以上ないほど整然とした街を暴れ回ったほうがいい。そうしたら、敵が誰か、仲間は誰か、背信者は誰か、真正の闇がどこに埋まっているか、そこを照らす光は本物か……ひょっとしたらやっとのことで眼に見えてくるかもしれない。私はこの点滴の管も、すべての延命のチューブもブチリブチリと断ち切って、縞のパジャマのまま裸足で病院を抜けだし、間ちがいなく惨憺たる敗北に終わるであろう一過性の痙攣のような暴動に、冷たい街路をずるずる這いずってでも加わるだろう」……ばかな……。

了作は辺見庸から伝わる衝撃波に耐える。

残りの生涯に迫り誘う自死が耳元で囁《ささや》く。

〈最期まで動け〉

了作が忌み嫌い、ときに殺意を抱くこの国独特の習性。絶対多数といる安心感、独り善がりの尊大。

ランボオの、季節の上に死滅する人々から遠く離れて。

老いた自己に即して世界を眺める。

自身の傲岸、過信、衒いを憎み、裸の心で、幻影を纏わず、飾りを棄てる。

懲りずに奮い立つ。

小集会を。
変革の志の枯渇を恥じ、
憤怒を態度に表す。
半世紀前の衝動をなぞる。
〈実〉の世界を圧倒する〈虚〉の世界の真っただ中で、
虚無からの創造へ、
了作は刮目してまつ、
夕焼けの、
甲斐駒岳は水際立つ。

甲斐駒ヶ岳［以下、山の写真はすべて］

崖っぷちの自画像　死のイメージトレーニング

朝焼けの赤い甲斐駒は長閑《のどか》だ。

地球の古世代の終り、激しい造山運動で生まれ、以来悠久の時の流れに沈んでいる。中世代、新世代と気の遠くなる時間の堆積があった。氷河期に圏谷の爪痕を刻む山々を近くにして、独り寡黙の岩塊で聳えている。

穏やかな山麓の朝は静かだ。

怜悧な風に魅せられて居を構えて十六年。

ベランダから見渡す栗林辺りに動く気配がある。

草食む鹿かと目を凝らすと人影だ。地の栗を拾い枝先を揺する。腕も脚も裸だ。麻の袖無しだ。苧麻《カラムシ》をアンギン編みの貫頭衣だ。原始の衣服だ。

縄文人だ。

そこここに屯《たむろ》して、傍らの古杣《ふるそま》川で魚を漁っている。竪穴住居の屋根も見える。

山荘の周辺に考古学遺跡が多い。了作は越して識った。

目と鼻の先に、井戸尻遺跡を中心に二十もの遺跡が点在する。

隣町には縄文遺跡を代表する尖石遺跡があって二百を超す住居址がある。縄文集落研究の拠点だ。遺跡から出土の遺物二千点は縄文文化の素晴らしさと縄文王国の繁栄を偲ばせる。

特に環状集落に埋納の状態で出土の土偶は圧巻だ。二七センチメートルの大型妊娠土偶だ。縄文ビーナス、と呼ばれわが国最古の国宝だ。そのおおらかさと生命力の芸術性は抜群だ。

何故、原日本人たちは海や野を捨てて、この中央高原にやって来たのか。

一説によれば、約六千年前日本列島の氷河期が終り、徐々に気温があがった。氷河が溶け海水面が上昇、陸地に海水が押し寄せる。人々は海岸から内陸高地へ移動。複数の河川沿いに上流へ。中でも天竜川は駿河湾と諏訪湖を結び、魚は豊富、獣多く栗帯だ。

やがて諏訪湖周辺より気候条件の良い八ヶ岳山麓に集まる。

斯くしてそれまで各地に分散、停滞していた縄文の文化が一気に開花した。了作の足元は遺跡だらけだ。

北の八ヶ岳と南に猛々しく聳える甲斐駒岳、鳳凰三山の山稜だけは、縄文人の見た風景と違わない筈だ。

了作は四千年を遡る。

水煙渦巻文土器が浮かび、大型妊娠土偶が浮かぶ。縄文人の逞しい野性に思いを馳せる。

併せて、度々の、不思議の問題に襲われ訝しむ。

「ヒトはどこから来て、どこに行くのか」

地球の歴史は四十五億年、生物の歴史は三十億年、と呟いてみる。その数、尨大すぎて想像を拒む。思考停止に填《はま》る。

近くは、約八百年前、鴨長明が『方丈記』に書いた。

「不知、生まれ死ぬる人、何方より来たりて、何方へか去る」。それは知らないと。

その答を知ることは人類の悲願だと或る作家が云った。

了作は考えあぐねて目線を甲斐駒に移す。尨大な時の流れを視てきた山塊だ。連綿と漲《みなぎ》る時の嵩だけの存在感。揺るぎない。

甲斐駒と対峙して十六年。

ベランダを床几船《しょうぎぶね》に見立てて向かい合う。ずばり思索の座として定着した。朝な夕な語りかけ念《おも》いかけ、悦び嘆きの視線を放射して山襞を擦ってきた。だが岳は応えない。一言もない。視るだけ。限り無い万物の死を視たのだ。

標高一〇〇〇メートルの艶やかな風に撫でられ、了作は、いかに生き、いかに死ぬか惑い捲《まく》らす。厭きもせず繰り返す。甲斐駒に問う存在論は生と死の考察だ。

だが死は飽くまで他人の死で自分では体験できない。

解剖学者・養老孟司は云う。

「死」は非常に曖昧で抽象的な概念だ。

「死体」は客観的にある。「自分の死体」は概念としてしか存在しない。一人称の死体は「ない死体」といわれる。二人称の死体は、悲しみをこめて見詰める死だ。特別な感情で死体に見えない。「死体でない死体」だ。三人称の死体は、アカの他人の死体で、簡単に死体として認識できる。「死体である死体」だ。(『死の壁』)

自分が死ぬことは自分ではわからない。としても、死に就いて知り、考える、概念に挑むは死に迫る段取りだ。拘泥は必須だ。

了作の死の考察は尨大な古今東西の著作が頼りだ。悉《ことごと》くの著者は物故者だ。全ては遺作であり、生前物したものだ。

現在生きている了作には死者たちの論旨の照応あるのみだ。

百家争鳴の中、吉本隆明に白羽の矢を立てる。了作が古くから私淑する詩人・思想家だ。幾度かの接触もあって特に親しみを感じている。最近、鬼籍入りした。

彼はかなり早い時期から死の考察を生涯のテーマにしていた。

著作も『思想としての死の準備』『遺書』『老いの流儀』と枚挙に暇がない。中でも『死の位相学』は優れたもので、了作は多くの形而上学的示唆をここから得ている。

要約すれば、ハイデッガーは、死を積極的に考え抜き、これ以上逃れられない、あと死しかない場所に、自分の〈覚悟性〉としてもっていく。自己意識を明敏にしたまま死を考えることだ。

サルトルはこれに対し、覚悟にかかわりなく死は〈偶然の事実性〉だ。どんな形而上学的思考も無意味だ。

ミッシェル・フーコーは〈死は分布する〉という。死は肉体の中で、時間的にも空間的にも分布して存在する。空間的な死への移行は、心臓から脳へ、肺から心臓への両方の経路がある。時間的な死は、動物的な器官からはじまり心臓停止に至る。

吉本隆明は、死は一種の〈分布〉だという死の追いつめ方を理想だとし、共感を抱く。

「……つまり、死は一種の〈分布〉で、時間的にも空間的にも死の向こうへ考え方がいって、そしてまた、その考え方がこちらに還ってくるというような、そういうことをやることによって、死は点だ、あるいは線だ、あるいは境界だという考え方を、もう取り払うところまでいくというのが理想だとおもいます」（『新・死の位相学』）。

吉本隆明の極限の境地が了作は羨ましい。

これは死についての重要な思想であり、これにより死にまつわる迷妄はかなり除去される。しかし了作にとってはやはり無理矢理の納得だ。一抹の不安は否めない。

不安は焦燥を伴って病感を強める。疑義を孕み熟考で言葉を失う。そして言葉を失いつつも言葉尽くしが始まる。過剰想起。了作の悪癖だ。離人症に陥る。

了作は、長い間、深層意識と言葉に苦慮してきた。深層の言葉の姿は曖昧だ。

だが言語哲学者ソシュールの思想に触れ、ひとつ曖昧が判然とした。彼は、人間のもつ普遍的な言語能力をランガージュと呼び、社会的制度の言語であるラングと区別した。ランガージュは深層の言葉、ラングは表層言語だ。そして深層における言葉の働きを次々分析し解明した。

ソシュール解釈は記憶、既視感、夢、幽体剥離、過剰想起などでの深層意識の働きを掘り下げた。

了作の無意識と言葉についての多様な疑問が一斉に氷解する。突然、無意志に内的現実が湧き出る言葉の洪水、に抱いた疑念が雲散霧消したのだ。

次いで、追討ちをかけるように眩い著作に遭遇する。一読、目から鱗が落ちた。養老孟司の『唯脳論』だ。

はじめに、

「現代とは、要するに脳の時代である。情報化社会とはすなわち、社会がほとんど脳そのものになったことを意味している。脳は典型的な情報器官だからである。

都会とは、要するに脳の産物である。…（中略）…われわれの遠い祖先は、自然の洞窟に住んでいた。まさしく「自然の中に」住んでいたわけだが、現代人はいわば脳の中に住む」（『唯脳論』）。

と述べ、「もの」としての脳／脳は脳のことしか知らない／意識の役割／言語の発生／言語の周辺／時間／運動と目的論、の各章で独自の論旨を展開する。

脳の中では大脳化が進むのだ。

ヒトではそれがさらに新皮質の増大で顕著になる。脳化だ。

この進化傾向の成れの果てが現代の都会だ。建築物、道路、街路樹、室内の設備、全て脳が作り配置した。そこには脳以外のものは存在しない。違和感はない。あれば脳はそれを排除する。違和感は脳に生じるものだから。

社会とは脳の産物である。

脳は身体を統御、支配する器官なのだ。現代の社会は徹底的にヒトを管理する。社会は暗黙のうちに脳化を目指す。われわれは脳化を善とし進歩としている。

脳化＝社会が身体を嫌うのは当然だ。

脳は必ず自らの身体性によって裏切られるからだ。脳はその発生母体である身体によって、最後に必ず滅ぼされるからだ。

個人としてのヒトは死すべきもの、それを知るものは脳だ。だからこそ脳は、統御可能性を集約して社会を作り出す。個人は滅びても脳＝社会は滅びないですむからだ。

著者は画期的に論を進めてきて、恐ろしいことに言及するのだ。

「脳は経験にないものを、〈存在しない〉とみなすことができる器官である。それはあんがい恐ろしいことである。社会はしばしば、あるものをないとし、多くの悲劇を生んだ。隠されるものは、いままでは貧困や残虐行為や賄賂ではない。それらはむしろ、暴かれるものである。隠されるものは、一皮剥いた死体、すなわち〈異形のもの〉である」（『唯脳論』）。

〈異形のもの〉は脳にとって、ないものとなるのだ。締め括りの結びは次だ。

「……われわれに復讐すべき自然がじつはどこにあったかは、もはや明瞭であろう。それは〈外部の自然〉ではなかった。ヒトの身体性であり、ゆえに脳の身体性だったのである。自然はどこに隠れたわけでもなく、失われたわけでもない。われわれヒトの背中に、始めから張りついていただけのことである」(『唯脳論』)。

凄く明快だ。了作の受けた衝撃は大きい。判然とした論旨だ。

ヒトをヒトたらしめているのは学習する大きな脳だ。それは特別な働きをする。言語が生まれ、芸術、科学、宗教を生む。ヒトの未来は脳にあり、その使い方にある。

最近話題のキラーストレスも脳だ。重複ストレスに脳の海馬が反応しストレスホルモンのコルチゾールを多量に分泌する。海馬で神経細胞が減少し、損傷すると鬱病、脳梗塞の末、死に至るという。

このストレス対策にコーピングやマインドフルネスが研究されているのだ。脳の意識を別の方に向ける、達成感を試す、瞑想する、などの手法だ。脳の構造をがらりと変える対処法なのだ。ストレス社会に立ち向かう決め手は脳なのだ。

すべて脳の産物だ。脳のシンボル機能で発生する。

脳こそはイメージ創りの先端技術者だ。

況んや死のイメージ創りにおいてをや。最尖端的技術なのだ。

自分の死というのはわかりにくく、イメージをもちにくい。だからこそイメージをもとうとする。大変な修業が必要だ。

宗教・思想家、山折哲雄は述べる。

「私は、自分の最期の段階は何らかのイメージによって死んでいきたいと思っているんです。そのイメージは他人が与えてくれる場合もあるけれども、日頃の訓練によって自分のイメージはこうだというパターンをいくつかつくっておく。……人間が死を迎えたときに起こってくるであろうイメージについての、それこそ広い意味での科学的な研究というのは、どうでしょうか」

(『思想としての死の準備』)。

了作は早速、死のイメージ創りにスタートを切る。脳のシンボル機能を刺激して、感覚を磨き発生言語を練る。それは脳との共同作業だ。脳を慣らし手懐《てなず》けるのだ。

いろんな感覚が、情報を探し、追跡し、理解して、脳に伝える。視覚、聴覚、嗅覚、味覚、触覚と様々だ。感覚は互いに融合する。ある感覚が刺激されると別の感覚も触発される。これは共感覚で色聴現象となる。創作力旺盛な人の活力源になる。創作意欲をかきたて霊感が働く。山腹を滑り降りるように数世紀の時の隔たりを超える。日常のものとの論理的関係を断ち切って、精神が自由にさ迷うのだ。

感覚は僅かな変化にも敏感に反応し、脳に信号を送る。人間の感覚は、変化や目新しさを脳に伝えるように進化したのだ。脳は感覚が捉えた情報に基づいて世界を構築しているのだ。

脳は、見えず、聞こえず、語れず、感じることはない。ただ変換機になって、機械的エネルギーを電気エネルギーに換えているのだ。そして、その手触り、感触を読み取るのだ。

聴覚と視覚が脳の都合で結合した。その結合の延長上にヒトの言語の成立がある。刺激の種類も時間に関する性質もみごとに異なる二つの感覚を「言語」として統一したのだ。

そして言語は「ヒトという種」の特徴になった。

言語は死のイメージ創りに欠かせない。言語の幅は大きい。未知の大海原に漕ぎだす心地だ。祈りとともに艫綱《ともづな》を解く。

シンボル機能が動く。


自分の死といかに向き合うか。人生のあらゆる行為は取り返しがつかない。それを歴然と示す死。死生観の受皿だった宗教が力を失ったいま、死を平穏に受け入れるための教養として、嵐山光三郎氏が四十六冊の読書を厳選している。自己の終焉を納得するための武器となるのだ。

了作は『死ぬための教養』に首肯しながらも、更に長編文学二作に拘る。

マルセル・プルースト作『失われた時を求めて』だ。

スワン家に代表されるブルジョア社会とゲルマント家に象徴される貴族社会の二つの世界が、時間の経過の中で交錯し融合していく筋書きだ。原著で三千頁の大作だ。ゴンクール賞で文名上がる。

著者は喘息に苦しみ、コルク張りの部屋で日夜、思索、瞑想、執筆に全精力を費やした。

過ぎた日、重要で真実と思ったものも、「時間」が容赦なく破壊して忘却の彼方へ追いやってしまう。失われた時を回復するのは永遠に不可能なのか。そして振り返り遡る過ぎた日々の一瞬一瞬。記憶でよみがえった生命こそ真実だと確信する。時間を克服し、失われた時を創造しようという精神の壮大なドラマだ。

著者自身「無意識の小説の試み」と述べている。朗読劇としても上演する程の惚込み了作は意外にも全巻通読を二回する。ようだ。

次は、ジェムス・ジョイスの代表作『ユリシーズ』だ。

「意識の流れ」の手法で、青年詩人と社員夫婦との一日だけの生活を濃密に精細に描いたものだ。多様多彩な文学的技法を駆使して、現代人の虚無と哀愁を、女の官能の喜びを、青春の敗北を、高らかに歌いあげ徹底的に追求した。二十世紀文学の金字塔だ。

　現代作家で彼に比肩するほど偉大で重要な作家がいるとすればプルースト
だ、と云われている。

　其《それ》かあらぬか伊藤整氏は述べている。

「ジョイスのは時間的進展に従って意識を断片的に捕捉して行くのが主であって、捕捉のし方で文体が各章毎に変化した。ケンランだった。プルーストの方は、分割した意識の根源を過去の方へ、またその時の意識の根の方へ追って行って、各意識の断片の因果関係をそのまま文体の構造とするものであった。だからプルーストの方は論理的であった。そしてジョイスの方は写生的であった。

……その後の二十世紀の各国の小説家たちは、手法的には、この二作家の仕事を土台にして、自分の方法を作り出した、といってもいいのである」(『プルーストの思い出』)。

　死のイメージ創りに文学の役割は大きい。

意識の流れは、無意識を含めて認識に変容し、時間の流れに結合する。即ち、その流れの中断、あるいは切断は死に連結する。

了作は、両作品を読みながら死のからだを撫でている心地だ。そのまま死のほうにすり寄って行くようだ。了作の死のイメージトレーニングには不可欠の文学作品だ。


脳に充分な文学言語の栄養を摂取したうえで、脳と一緒に旅に出る。

了作が生涯かけて見知った土地を選ぶ。

中でも稀有な空間、日常の中の非日常、異空間、死に接し死に近い空間に立つのだ。嘗《かつ》て了作が死者と対話した空間で、もう一度死者の声を聴き魂に触れるのだ。

其処《そこ》では、多分了作の脳は死のイメージ創りの示唆を受け、実践の作業に資する筈だ。その確信めいたものが了作を旅に誘った。

偶々死と遭遇、死者の魂に触れ語りあった空間が数ヶ所ある。死を懐い生きる縁とした場所だ。

壮年期、了作が全国に展げた活動のさ中、この世のものと想えぬ空間に遭遇する。それは極めて静謐で、虚ろだ。霊界の趣の極みだ。

心ならずも立ち去った場所、繰り返し立ち寄った場所、其々強く心に残った場所だ。死ぬ前にもう一度と誓った場所だ。死との彷徨、死との交歓の跡付けを預けた場所だ。

来し方行く末全てが見える場所に立ち、来し方行く末を考えるのだ。

旅は見納めの旅だ。終焉の地だ。墓地ではなく浄土擬《もど》きだ。既知の地が主だ。

以前も脳は同伴したが、意識しなかった。この度は彼が主役だ、主賓だ。

まずは下北半島、霊場恐山だ。

いつ来ても変らず空気が緊まっている。霊気の粒が了作の首、肩の周りを堅く締めて、弛《ゆる》みなく固まらせる。塑像の様にぎこちなく歩く。はや死者たちが憑《と》りついて重く、動作を鈍らせる。さすが死者の魂が常に集まっている霊場だ。この世であの世に最も近い、近づける場に嘘偽りはない。

少なくとも死の境界が暈《ぼ》やけている。死の境界を乗り越えるための作法を論議している識者たちを嘲笑うように、この場はある、炳然《へいぜん》とある。

死と生の境界を隠す薄闇だ。

鼠色に埋もれて真紅が鮮やか。朱塗の太鼓橋だ。三途の川に架かる。罪人は針山に見え、渡れない、とある。

微かに怖れ、了作、緊張で一足一足登る。十三歩で突然足が竦む。橋の頂上。前は冥界の凪、背は人間界が蠢く。

一陣、生涯の容量が嵐になる。心の妄念、執念、邪念が滲み出て空へ翔ぶ。

無人の境内は広々と荒涼だ。硫黄臭が立ちこめている。血の池地獄、無限地獄などあらゆる名前のついた地獄が点在している。足付き緩く賽の河原をめぐり、白い砂浜の湖にでる。浄土と紛う宇曽利《うそり》湖だ。碧緑の湖面に様々の影が走る。

自ずと手を合わす。

瞬時、死者と話している。島辣韮《らっきょう》あるかい、と粟園安彦。走っているの、と屋良文雄。俳句してる、と川口比呂志。

まるで中学生同士の対話だ。少年の心と心の応酬、其々若い。死者に加齢はない。死んだときのままだ。了作、砂を僅かずつ手から湖に沈める。波紋広げない。水際に屈んだまま動けない。

見上げると、釜臥山、大尽山、小尽山、北国山、屏風山、剣の山、地蔵山、鶏頭山の八峰がめぐっている。花開く八葉の蓮華に例えている。

火山ガスの噴出する岩肌の一帯は地獄に、湖の白浜は極楽に準《なぞら》えられ、「人は死ねばお山に行く」と千年もの間、信仰の対象になってきた。

凡そ千二百年の昔、慈覚大師円仁がこの眼前に広がる風光をまさに霊山だと感動し、開いた霊場だ。本尊は延命地蔵菩薩だ。

宿坊「吉祥閣」に入る。

玄関は武家屋敷も斯《か》くやの堂々たる構えだ。

平安時代、貴族の住まいの寝殿造だ。長い回廊の端の「法泉9」に案内される。

早速、宿坊内の大浴場「御法の湯」を利用する。乳白色の硫黄の温泉だ。湯が満々と溢れている。湯槽の幅長く広くたっぷりの湯だ。まるで宇曽利湖に浸る想いだ。清らかでさっぱりした気に漬かる。

恐山は信仰の場より、先ずは湯治場として地域の人々に知られた。火山地帯で境内では温泉が湧き続けたのだ。当然、諸国から湯治の人々が集まり逗留していたと考えられる。

温泉は境内に外風呂として「冷抜」「古滝」「薬師」「花染」の四ヶ所ある。泉質は強い。

薬石（夕食）は大食堂でだ。その際、自服を着用。精進料理の前後に其々「食前の偈《げ》」「食後の偈《げ》」を唱える。

いずれも最後には「成道のための故に、いま此の食を受く」「仏道を成ぜんことを」で結ぶ。即ち「自分自身の本文を完うし、よりよき人間としてすばらしく生き続けるために今この食事を戴きます」と誓うのだ。

「朝のお勤め」は六時半、地蔵殿（ご祈祷）本堂（法要）で執り行う。

清楚で何もない無の気配で、思想が自然に湧き、走り、定着する。参籠《さんろう》の意義は大きい。

二日間の参籠に自足した気分で山を降りる。

翌朝、湊町、脇野沢で、陸奥湾フェリーに乗船。湾を横切って対岸の蟹田へ。

下北から津軽半島へ。

霊気含みの寂寥から、荒寥のなかに活力も覗く隣の半島に移る。

北の果て津軽は厳しい風土だ。厳しい緊張は了作に幻想の原風景を想起させる。それは深層日本の都だ。民族の原点、縄文文化の拠点だ。この半島には縄文の精神が脈々と生きている。遺跡は多い。

縄文から継ぐ津軽の地蔵盆は、寂しい川倉の地蔵堂でひらかれる。堂前の賽の河原は下北の恐山より古い地蔵盆の聖地だ。盲目のイタコがむしろ掛けの小屋で死者の言葉を喋り、人々はそれに聞き入り涙ぐむ。

イタコを通じて死者と会話をし、さんざん涙をこぼしたあと、津軽の人々は生返ったように陽気に歌い踊る。死者の国から見る現世の美しさ、儚さを識るのだ。

賽の河原から北に僅か、日本海に懐かしの十三湖だ。

了作の十三湖詣は半世紀の長きに亘《わた》った。季節毎に、撮影、録音、会談、観風と足繁く通った。切っ掛けは高橋竹山の言葉だ。灰色の空と海、廃船の船縁で、北風に着物の裾をはためかす。

「このさびしい海だもん、夏でもこうだもん。冬になれば、どこからも、人も来るわけでねえ……なにほど苦しいかわからねえ。朝まに起きれば風の音、何の楽しみもあるわけでねえし、ただでねえんだね」

怒濤に映える音声だ。まるで詩だ。廃墟の風は人を詩人にする。

風土の吟詠詩人は高木恭造だ。津軽方言詩集『まるめろ』だ。

朝も昼もたンだ濃霧ばかりかがて

晩ネなれば沖で亡者泣いでセ（「陽コあだネ村」）

三味線と方言詩で津軽の海、暗欝は完璧だ。濃霧の夜は亡者の声だけだ。全ては灰色の垂幕で閉ざされる。生きてる人々もだ。灰色の壁は厚い。陽も当たらない。当たっても微かだ。

厭でも、原初を想う。死も、生も。

その死生観は昏《くら》い、冥《くら》くさえある。が人生観は曇りなく晴れやかだ。死者たちのざわめきも賑々しい。生死を超えたヴァイタリティをみせる。津軽は死に近い土地だ。

了作は二人の魁偉で多くを識った、習った、生きることを。教えて欲しい、死ぬことを。いま、頻《しき》りに念う。魁偉は暗欝の極みに小さな灯を遺して逝った。

了作は二人の気配に護られて北を目指す。

丘陵また丘陵となだらかな山地が続く。

北の果ての半島を忘れる。

果てしない丘の波だ。ゆったりの起伏だ。緩い勾配は砂漠の風情だ。眠気さえ誘う。

不意に体が沈んだ。洞穴に墜ちた。胎内潜りだ。名勝、霊地によくある。生と死の狭間だ。

気がついたらそこにいた。偶々の遭遇だ。

古代防御性高地集落だ。十三湖北方の山岳地帯。標高一六〇メートル。

四方断崖の天然の地形を利用した、中世の山城跡だ。唐川城跡だ。なだらかな牧草地、松林が広がり、畑地、村落が穏やかだ。

磐《いわ》に立てば、一眸《いちぼう》息を呑む。絶景そのもの。十三湖、日本海、岩木山、白神山地一望だ。中世、安藤氏支配の西浜一帯は眼下に広がる。

現代のものは何もない。自分独りで古代へ擦り寄っていく。遡行の風が昔へ送り込む。

六百年前の風景の中にいる。いや千年前の人々も見た風景だ。時代を超えて見る風景の共有は凄い。

異次元の空間は心愉しい。夢に託した風景は心に沁みる。了作は佇んだまま動けない。

奇異な風がおこる。密かに多くの霊魂が集まる気配だ。先人たちの想いが蘇り、圧倒する。遺跡が多い。山王坊遺跡、古館遺跡、福島城跡、十三湊遺跡、他に大規模な宗教遺跡もある。

古代からの高地集落で重要な地だ。津軽のなかで最も由緒ある場所で地域支配の象徴的聖地だ。希有な異界だ。

散々探しあぐねた場所、死の含有量の多い場所、事も無げに、ひっそりと静まりかえっている。目の前に。

その時、霊気を切裂くように雪がちらついてきた。不思議な自然の呼応だ。死に臨んでの自然との共生、合体の願望は日本人の死生観だ。人間が自然に溶け込むのだ。自然はあらゆる生きものの死を呑込み鮮やかに蘇る。幾多の犠牲を背景に、次々に死を包含し続ける。いつ迄も。

「昨日その松林で首吊りがありました」

村人が話す。

此処《ここ》は、人の死と自然の繋がりが濃い。それと識らず死に擦り寄る想いが募るのだ。

城跡を覆う空には、時の遡行が交錯する。

近い山間に奥まった谷間がある。

〈十三往来〉に記されている阿吽《あうん》寺跡の地だ。山王坊遺蹟だ。

古丸太だけの鳥居が数門。洗い晒し、枯木に近いが、佇まいは色濃い。丘陵中腹に古びた社殿。平坦地に様々な社殿跡（神社跡）としての礎石建物跡がある。

西側丘陵の山際に仏堂などの仏教的色彩の強い建物跡がある。

十三湊、安藤氏と盛衰をともにした、神仏習合を如実に示す貴重な宗教遺蹟だ。

南部氏により焼き打ちされた地としても嘆かわしい。霊鬼たちが跳梁を恣《ほしいまま》にしている。

人気なく冷気が淀み時は流れない。神仏共々の祟りの気配で悍《おぞ》ましい。寒気で震い上がる。了作、居た堪《たま》れずに、後退りする。

暮れ泥《なず》む日本海は茫々たる海原だ。海靄《うみもや》の奥は透かしを拒み、暗黒を秘める。だが心は和む。馴れ親しんだ自分の海だ。懐かしい力だ。最期の場面、道連れのイメージに飢えている。


翌早朝、青森空港から羽田、那覇空港、更にセスナで、ケラマ空港に入る。エメラルドグリーンの海の座間味港は夕焼けの紅に染まっている。北の朝焼けから南の夕焼けまで果てから果てへ一直線なのだ。

沖縄、慶良間諸島、大小二十余の島々の一つ、座間味島だ。

了作はこの島に、海水を引込んだ波際に野外劇場を創った。世界屈指の透明度を誇る海と珊瑚礁だ。青と緑の花緑青が限りなく、多彩に変化する美だ。

その美の傍らに沖縄戦の戦禍の痕が夥しい。特攻艇の秘匿壕の跡や集団自決の標榜が点在し、中に「米軍上陸第一歩の地」とあった。

太平洋戦争末期、戦禍に巻込まれ、惨劇の繰り返しで部落全員が戦争の遺族になる、という血塗られた島になったのだ。小さい島が千四百の戦争犠牲者をだした。

了作は鎮魂を思い、幾度も、死者の為のレクイエムを「海の劇場」で試みた。国内外の歌と踊りで交流を果たした。千余の聴衆が座間味祭りで歓声をあげ踊り狂った。砂は蠢き、声を発する骨たち、人形が立ち並び砂に消えていく姿が見えた。

三十年前だ。時間が遡行する。

劇場は砂の下だ。遡行の時間も砂の下だ。劇場は砂に消えている。はや遺蹟だ。遺蹟は時空を超え、死者たちが跳梁跋扈する。

了作は死に臨んでの死地巡礼だ。死者の数が夥しい場所に身を置くのだ。〈死の現場〉に立つ決心だ。髑髏に触れても死には触れられない。骨から立ち上る想念に浸ることだ。座間味は死の想念の充満する島だ。

了作は緩《ゆっく》りと砂浜を西へ歩く。

神の宿る波際の黒い巌が見える。

日没の刹那。生まれてから死ぬまで全部がみえる場所に死がある、と言ったのはフーコーだ。神の浜の日没は全てを顕わす。これぞ死の顕現だ。

川平湾が見える。浄土浜と云う。指呼の間だ。緑の海と白の砂浜が織るコントラストは見惚れた者を陶酔させる。波飛沫の外海から不思議に隔てられ静まっている。

静謐は霊を呼ぶ。

だが川平湾は美しすぎる。映像が完璧すぎて隙がない。霊の割込む緩みがない。完璧な絵は窮屈だ。余裕なく魂と対話する余地がない。完璧は人を黙らせる。

川平湾で視線は滑り、心を移らす。

了作の脳は充分に視た、聴いた、嗅いだ。脳が其々の感覚に繋いで、死のイメージを紡ぐのだ。

了作は深層意識の流れるままに、心の奥深い存在に委ねることだ。死に逝く道に、黙々と寄り添うだけだ。

暮れ泥《なず》む闇が見える。


見納めの旅から戻り、山麓、近場の店にいる。韓国家庭料理が旨く、馴染みだ。奥に窓際一列だけのカウンター、了作の定席だ。

夕刻、客は疎らだ。隣に三人の女性が話している。熱心に途切れない。近隣の介護施設で働く様子だ。語り口調が熱を帯び、聞き手も同調する。入居老人の介護苦心談だ。どうやら排泄介助の詳細だ。小肥りの年配は特殊技能のベテランらしい。

微に入り細を穿つ、手振り身振り奮闘だ。

箸保つ了作に気兼ね、時に声を潜めるが忽ち戻る。響きは満ち溢れ排泄一色だ。

了作、耳に障り塞ぎたくなるが気配は三竦みだ。女性エネルギーは凄まじい。拷問だ。

逃げるしかない。「女が黙るのは閨《ねや》のなかと墓のなか」はフランス作家メリメの言葉だ。十九世紀社交界の至言だが、昨今の日本中に蔓延している現象だ。辟易だ。

死のイメージ創り、死を準備する道に踏み出した了作には、世の喧騒の煩いは忌避だ。物情騒然の軽佻抹殺は最優先事項だ。

その時、突如、窓暗く、視界暈《ぼや》ける。見えず聴えず。雷雨だ。目眩ましだ。瞬時後、明るさのなか、隣の騒音は普通のレベルで続いていた。可成穏やか。

了作は閃いた。

雷雨に肖《あやか》り、精神力で露光の量を絞り込み、不快な対象を急速に縮小してゆく。ズームアウトだ。焦点距離の連続変化だ。好きな処まで縮小するのだ。可能なら拍手喝采。

預言者の眼力を鍛えるのだ。

人体の感覚細胞は七〇パーセントは目に集中していて、外界を評価、理解するのは主に視覚を通じて行なわれる。その為の奮闘が抽象的な思考を発達させたのだ。

早速、了作は隣の騒音をズームアウトする、女性たちをズームアウトする。ところが思い通りにいかない。一向に変化しない。だが焦らず繰り返す。視点をひとところに絞る。傍を視ない。低音を聴き取る。他を捨てる。念力集中に堪える。視界に黒枠を念い狭めていく。延いては、呪いの文言を唱える。

苦闘暫時、聊《いささ》かの変化をみる。

切っ掛け擬《もど》きを掴む。視、聴、共感覚のトリックを利用する。中断を恐れ、続ける。幻視、幻聴の不安と闘う。

朧げながらの手触、手法を手離さない。それをコツ、要領とする。

喧騒抹殺の手筈を整えて、ズームアウトの訓練に出かける。駅待合室、広場カフェ、列車内、人間到るところ青山あり、と呟きながらも喧騒苛酷に驚く。正に修行者だ。

列車内には衝撃だった。意外に静かだ。全員、携帯に填《はま》まっている。座り客も、立ち客も。互いのズームアウトに夢中だ。

マシンがズームアウトしている。人々を喰い殺している。便利一辺倒の齎《もたら》すものは文明破壊だ。不便の効用は必須だ。

心を安定、統一させることで宗教的叡知に達しようとするのは禅の修行だ。

前述のコーピングも、自分のストレスを客観的観察とその対策を意識的に徹底的に繰り返す修行だ。脳の海馬を損傷から守る、認知行動療法の応用だ。対処法の反応を自分で判断し次に繋げるのだ。

マインドフルネスは、瞬間の現実に常に気付きを向け、その現実を知覚し、それに対する気持ちや感情に捉われないでいる修行だ。

目を閉じ瞑想のなかだ。

ストレスをチェックすることは必須なのだ。

脳の構造をがらりと変えるストレス解消法だ。キラーストレス、メカニズムの科学的に詳細な解明だ。

全ての決め手は脳だ。

了作は考え込む。ズームアウトも脳の働きだ。視覚と聴覚に指示を伝える。不快対象を縮小し、死のイメージ創生の素地から喧騒を除去する。その削減から消滅へのプロセスで生まれてくるものがある。それは何か。途次、脳が考え伝えたもの。イメージ創生に繋がるもの。

コーピング、マインドフルネスの修行は課題が多い。ズームアウトも多い。途次の課題も共通点が多い。脳の仕事ぶりだ。

ズームアウトでの喧騒の削減、縮小は必然的に末梢に向う。対象の縮小成立は、脳の縮小、削減に繋がるのだ。期せずして自己末梢への道に繋がる。自己の死だ。偶々の一致だ。宿命的だ。

様々の思考経過を辿って死のイメージ創生に繋げるのだ。ズームアウトはひとつづきだ。脳に委ねた死のイメージの包括だ。
顧みて、
生まれ落ちてからは長く、短い生涯だ。
死の恐怖、執心、臨死試行、と死に憑かれた日常だ。
日毎、生き残る時間を数え、自覚を促した。
だが、いつもどこか空々しい。言葉が滑る。
自己意識だけで像を結べない。
意識下で、未だ先だと高を括る。
遷延に縋る気分が潜む。
生者必滅、光陰人を俟たず。
死と直面している、いま。
死と肩を並べている。
思想としての死の準備に嵌る。
次第に死に擦り寄る。

えも言われぬ感触だ。
遂に、逝く感触だ。

愛するものをズームアウト。
生きてきた社会をズームアウト。
世界を丸ごとズームアウト。
己れの生涯をズームアウト。
ズームアウトの先行きは不分明だ。予知不能だ。予知不能には意味がある。
予知無限だ。
無限は死だ。
無限の砂浜、恐山だ。
無限の丘、唐川の址《あと》。
むなしい空間。
虚ろ。

死の領分だ。
雲が晴れる。
苛立ち、気縺《もつ》れが薄くなる。
生きる示唆が滲む気配。
黙して俟つ。
掌に温み。
風がたつ。

死者たちが憑りついて重く、死者の魂が常に集まっている霊場だ。

竹山ねぶたの後ろ姿を見て驚いた。白鳥が数羽泳いでいる。小湊の白鳥だ。

探しあぐねた、死の含有量の多い場所、こともなげに、ひっそりと静まっている。

【前頁】古丸太だけの鳥居が数門。洗い晒し、佇まいは色濃い。死に擦り寄る想いが募る。

故人の霊を精霊船に乗せて極楽浄土へ送り出す。舳先の遺影、爆竹の悪魔払いが鮮烈だ。

神の宿る波際の黒い巌が見える。生まれてから死ぬまで全部がみえる場所に死がある。

白衣の白暗淵《しろわだ》

欝蒼とした杉木立を抜けると明るい雑木林だ。山道は下り坂だ。振り仰ぐと奥多摩の嶺峰が迫る。揃って一〇〇〇メートル程の低山だ。

日ノ出山から東の多摩川指して了作は鞍部を降り続ける。急坂の登り降りで腰が張る。

最前、山頂の東と北への展望で、日光や上越の山々を眺めた。半世紀振りだ。記憶が蘇生する。全く変らない。

副都心のビル群もあった。忽ち東京が見えた。実際に見えるわけではないが、よく見えた。了作の永い都会生活の微細だ。思考、言語まで明瞭だ。眼前のパノラマに考察文を綴りだす。高速印字だ。まるで経文だ。回想が留処《とめど》もなく続く。

了作の癖だ。病癖だ。恒常の自問自答だ。己れの紡ぐ言葉に辟易だ。これで有声音なら狂人だ。幾ら人間は本質的に言語空間だとはいえ、涌出過剰だ。

了作の癖は少年時からの付合いだ。孤独癖と陶酔癖の融合だと自己分析する。只管《ひたすら》の深慮、黙考を己れに課した所為だ。深刻な二者択一では顕著だ。

己れの吐いた言葉の影に怯えさえする。放置の儘《まま》では実生活に支障を来すことになる。応急手当は必須だ。手馴れた呪いで一掃する。無音の拍手一つで完璧に消えるのだ。

消えてはみたものの直ちに顕れる。厄介だ。消滅と増殖の鼬《いたち》ごっこだ。無意識のレベルの言語活動に注目した思想家ラカンは、無意識自体を言葉とみなした。現実は疎か夢の光景にまで言葉の連鎖が侵入する。深層意識の言葉という。

沈黙の裡での饒舌だ。

勢い、了作は精神の平衡を失う。

茫然自失のまま分裂、狂気の人になる。意識下に鬱積したものが蠢《うごめ》き、深層意識に閉じこめられ停滞・閉塞状態になる。日常現実の表層意識へとは立ち戻れなくなる。

了作は自己救済に梃摺《てこず》る。挙句の果て、了作の精神衛生には山登りが唯一無二となる。

以来、運命の岐路に際し、了作は必ず決断の迷いを抱えて山の頂にいた。山頂からの俯瞰は、眺望のみならず精神活動、延いては生涯の洞察まで示唆する。視覚に訴えるときめき、嗅覚を刺激する新鮮さは格別だ。酸素吸入で蘇生だ。精神の完璧な透析だ。

了作は上京して六十年余り、都会暮しだ。この間、事ある毎に近郊の山々の展望を漁った。都会の抑圧は頻繁に精神の透析治療をせがむのだ。

西に望む山域は、北に奥武蔵、奥多摩、南に丹沢山塊まで穏やかな山並が連なっている。了作は当初、最も近い高尾の山の気分を満喫していたが、次第に奥多摩や丹沢山塊に足を伸ばした。夜明けとともに郊外電車で登山口へ、日没前に麓に戻る山歩きは習慣になった。その後、八ヶ岳連峰、甲斐駒岳に憧れ遍歴する。遂にはその山麓に居を構えたのだ。

いま、了作は久方ぶりの奥多摩山中だ。回想の山歩きだ。下り坂の述懐だ。分岐の小さな石仏も変らずあった。あの時の儘だ。被《かぶ》った草を分けて繁繁《しげしげ》と見る。一刀彫に似た素朴さだ。重ねた歳月がある。了作は、独り笑みして懐かしむ。猛然と時間が遡行する。

時間が遡る、五十余年。

了作は日ノ出山山頂の四阿《あずまや》に居た。

雨模様ながら遠望のきく空の都心方面を眺めていた。目を凝らすと見えない都会が見えた。

六〇年安保闘争のデモ隊だ。国会内突入。犇《ひし》めき合う警官隊と学生。戦後民主主義の存亡を賭け争っている。忽ち三池鉱山の争議だ。二つの組合のヘルメットが流血の対決だ。壇上では浅沼委員長刺殺がある。列島は大揺れだ。海を越えてはケネディ大統領の暗殺だ。

この年、了作は三十歳である。

人生六十年、折り返し点の感慨があった。世情騒然のなか、理不尽なものへの憤りがあり、変革への高揚があった。にも拘らず、改定安保は成立してしまったという挫折感があった。

了作は十年身を窶《やつ》した演劇活動にも破局の兆しをみていた。精神共同体、経済共同体としての劇団維持に難渋していた。様々な障害を挙げても、煎じ詰めれば了作の思想、体力両面での所謂燃え尽き症候群だ。意欲、気力、感動の欠如著しく、替って懐疑、虚無がのさばる。絶えない苛つきがあった。

その折、偶々《たまたま》、哲学者シュヴァイツァーの伝記に触れる。彼は三十歳を潮にアフリカに赴く決心し、医学を志し、終生黒人の医療伝道に従事したと識る。年齢符合一致だ。

有無を言わせず、了作に啓示だ。〈シュヴァイツァーに肖《あやか》って医療を〉が降って湧いて、了作の脳天まで突抜けた。世の為人の為の正義への短絡な近道だ。安直な方法だ。然《しか》し了作はその閃きに取り憑かれ、考えに嵌る。演劇とはお門違いも甚だしい。だが、青天の霹靂の着想も次第に現実味を帯び、具体的アイデアが散見する。

了作は意表に出る。唐突に、総合病院設立だ。

盲、蛇に怖じず。目論見の立案には手練《てだれ》た上演計画行程表をなぞる。抜かりない段取りで手順を踏む。周到な御膳立を踏襲する。

建設用地の買収、医療スタッフの確保が先決だ。其々に専門の担当を選ぶ。病院長を指名する。K大学医学部系列の医師、インターン十名選定。婦長、看護婦十名確保。

用地は紆余曲折を経て国立市だ。総合病院を渇望する地元情報が決め手だ。気忙《きぜわ》しい日を重ねて二ヶ月で開設準備室ができ、新設への態勢に入る。土地契約、行政へ根回し、業者と交渉する。了作は詳細に忙殺されるが苦にならない。初めて接触する俗情に、了作は俗塵に塗れて悪戦苦闘する。

難儀なのは、内懐に膨らんだ支払いの札束を押えて満員電車に揺られたり、馴れぬ酒席の饗応だけだ。

だが、順調な滑り出しと見える建設の道程に、了作は端から気懸りが一つあった。それは設計上のことだ。

設計事務所のチームは初めから意欲に満ち、若い了作の発想に共感、親身の作業だ。

略《ほぼ》完成近い図面は、細長いL字型の平屋で百五十坪だ。入院より外来に重点をおく。左翼と右翼に伸びた白い病舎はアルプスの山荘風だ。草原のプチホテルと見紛う。瀟洒だ。

度々の討議と図面変更で、了作の略満足の基本設計だ。ただ一ヶ所だけは繰り返し変更を求めた。汚物処理室の位置だ。了作が仕事する理事室の隣なのだ。汚物の実体を想像して了作の繊弱な神経は傷む。了作は強く覚悟するが必ず揺らぐ。過剰な神経質は惨めだ。

設計チームは移設に難色を示す。根拠を縷々述べる。終には「ベン・ケーシーが泣く」と不満を洩らす。

「ベン・ケーシー」はテレビで医療ドラマ分野の先駆けだ。ベン・ケーシーは米国脳外科の青年医師だ。信念を貫く彼が、周囲との軋轢に悩み乍ら理想に向って進む姿を描いている。超人気番組だ。

設計チームは了作を、冗談口でベン・ケーシーと呼んでいた。理想性への揶揄だ。

埒《らち》明かずと了作は院長に訴える。

挙句、汚物の現場検証のため大学病院の手術室へ拉致される。

白衣、白帽、白マスク、白尽めに拘束された了作は、白衣の看護婦の背だけを視野に確《しっか》りと歩く。引かれ者の心情だ。消毒薬が鼻を突き、了作は既に拒絶反応の症状だ。

室の隅に立ち竦《すく》む。

頭上から照明弾の光線だ。眩しい。立ち姿の白衣と白衣の隙間が見える。手術台に何かが横たわっている。覆った布の切込みに肌が見える。メスが閃く。一筋、血が噴き出る。

——永い闇だ。

目覚めたら自室のベッドの上にいる。脳貧血で意識喪失だ。動かしがたい事実だ。理屈抜きだ。

不覚を取ったことより、己れの脆弱を迂闊にも忘れていた自省が先に立つ。幼年時より膿、鼻汁、反吐には顔を背ける。血を見れば血が引く。先天か後天か、生れつき身に備わってるのだ。戦時には前線の汚泥、血溜りを怖れて、後方の本部将校を志した。臆病者だ。自己嫌悪に陥る。

医療分野に挑むとは以ての外だ。自惚れもいいとこだ。元来、正義を行うには勇気と鍛練が必要なのだ。この場合の鍛練は現場の血塗れで難しい。かといって山岳修業、海上修練には時間がかかる。

自己知身程、身の程を知れ、と自嘲する。嫌悪を通り越して自己疎外だ。主体の存在さえ失う。惨めだ。

了作の自己追尾は果てしない。まんじりともせずに夜を明かす。

翌朝、ばつの悪さを笑いに紛らす。関係者は呆れたが了作も呆れたのだ。事業への資質を根底から揺さ振る成行だ。気持ちが萎縮する一方だ。

熟慮断行あるのみだ。間髪を容れない独断専行が迫られる。

撤退が胸を過る。

自棄気味な了作は這這《ほうほう》の体で奥多摩の山に向う。

この度の山は、精神の透析や癒しでなく英断を下す為だ。そこで、馴れ親しんできた高尾の山を避けた。より厳しい奥多摩の山頂を目指すのだ。

高尾山の探索は、了作には近くて手頃な山歩きだ。身近な散策コースの延長だ。自分の庭の様に手懐けた。頂上までは六コースあり、選択自在だ。表参道、びわ滝、稲荷山、カッラ林、吊橋コースの名称で遊歩道が作られている。

了作は全ての行路の山路、稜線、沢沿い、大杉林を散策し、上り、下り坂の起伏を愉しんだ。

全ての路は山頂の大見晴台に辿り着く。海抜六〇〇メートル。別名十三州見晴台と云われ、四方十三州が一望だ。南から東、北東に広大な関東平野が眼下にあり、大都市東京は箱庭に見える。

その眺望が了作の精神衛生だ。弛緩した神経の平衡感覚の多くを高尾の山登りに負ってきたのだ。

顧《かえり》みれば、山中の精神透析は了作の人生の伴侶なのだ。だが山登りの初体験は可成遅かった。高校時だ。心配性の母親が許可しなかったのだ。上高地、焼岳の印象は鮮やかだった。山岳の迫力は青雲の志を鼓舞した。

遭難擬《まが》いの状況で、死の恐怖、援《たす》かった悦びを味わった。仲間との絆を知り、救われた瞬時に利己を直感した。

その衝撃は大きく、以来了作は〈山登りと闘病のない者は人生を語れない〉と広言して憚らない。中空から人生を鳥瞰する感覚が、眼前の現実認識に必ずオーバー・ラップする。この二つの視点が重なりあう癖は夢想を喚ぶ。常に、生涯を俯瞰し了作を翻弄する。

この度、その感覚が高尾ではなく奥多摩の山容を探知したのだ。

峨峨《がが》たる山々。梯子や鎖の岩尾根で辿りつく岩峰。岸壁。その断崖に立ち揺るぎない決断。その憧れが了作を誘う。高尾に物足りなくなったら奥多摩だ、と先達の言葉が耳にあった。

「武蔵の平地に波乱を起こした幾多の小山脈が、彼方からも此方からもアミーバの偽足のように絡み合って、いつとなく五六本の太い脈に綜合され、それが更に統一されて茲《ここ》に初めて二千米以上の高峰となったものが雲取山である」と『日本百名山』にある。

雲取山は奥多摩の最高峰だ。了作は先ず一〇〇〇メートル級の山域から取付く。御岳山から日ノ出にアプローチする。

了作は中央線を立川で青梅線に乗り換る。

車窓は左下に青梅街道と多摩川上流が伴走だ。至る所に深く美しい渓谷を見せる。水は青く澄み、沸き立つように躍る流れがある。心が躍る。

御岳駅で下車、滝本からケーブルで標高差四〇〇メートルを稼ぐ。山上集落を抜ければ御岳神社だ。その後、やや急な登りを山腹から尾根に出る。山の肩から一投足で明るく開けた日ノ出山山頂だ。九〇二メートルだ。東と北へ向って展望が広がり、日光や上越の山々だ。

眼下の雑木林は低く、切り立つ崖上と錯覚する。武蔵野は異様に鮮明で、国立市も間近に迫る。

了作は病院用地の真上にいる心地だ。空中撮影の実写だ。イメージの病舎が浮び上る。中空を飛来する。強行か撤退の二者択一を一気に迫る。

了作は目を逸らす。頂上へは心砕きの途次だった。山腹を絡み、尾根を登り一歩一歩踏みしめ、一刻一刻思案して結論を探った。待った無しの決断の強要は鼻白む。思索の道程は無視だ。己れの脆弱に愛想尽かしの、弱気な了作にそれを跳ね返す力もない。弁証法も帰納法もない。やるかやらないか、二つに一つだ。身も蓋もない。了作は窮地に陥る。己れの影を搏《う》つ。後がない。

了作は背水の陣を敷く構えだ。

その時だ。忽然と霧が山肌に沿って湧いて出る。空気が冷やされた山霧だ。霧は幾つもの固まりになって、押しあい揉みあい寄せてくる。瞬く間に濃く乳白色だ。霧の帳が了作を包み巻きこむ。視程ゼロだ。三半規管が不能だ。

天地の識別を欠く。体が傾く。緩く回転する。

了作は切株に縋り付く。ホワイト・アウトだ。目を瞑る。白い闇だ。ぐるぐる回る。意識が混濁する。

随分経つ。

気づくと、切株に凭《もた》れている。霧は晴れている。気分も晴れて生れ変りだ。懊悩は去った。憧れと脆弱、理想と現実の往還の痛苦は払拭だ。ホワイト・アウトの白呪術だ。神秘な力の働く意識だ。

以前一度、似た体験があった。西穂高岳の岩尾根でトラバースの最中だ。湧き上った霧でホワイト・アウト。足下は千仞《せんじん》の谷だ。岩にしがみついて生きた心地はなかった。白い闇で、瞬時に生涯の俯瞰があった。

その時は三〇〇〇メートルの岩峰だった。よもや一〇〇〇メートルの日ノ出山では思いも寄らなかった。

了作は立ち上る。

爽やかな気分で下山にかかる。何時の間にか、懸案は院長に下駄を預ける気だ。判断は院長との相談尽に一任すると決め込んでいる。取り敢えず肩の荷が下りる。重苦しい呪縛が解ける。

頂上の霧は〈山上の垂訓〉擬《もど》きだ。正義と愛への宗教的徹底の説教に肖《あやか》る。

指導標は南へ、金比羅尾根の路を示している。一時間で秋川街道のバス停だ。

了作は意外な気力が漲っていて、整備された案内コースには従わない。余り人の通らない東へ、尾根伝いのルートを採る。吉野梅郷を経て多摩川の渓谷に達する。登山者稀な寂れた山路の探索だ。

岩の出た急坂を下る。伸びやかな尾根上の路は愉しい。展望には恵まれないが、右に麻生山、左に御岳山が常に視界にある。明るい自然林から植林に入ると南の三ッ沢側から林道が上がって来ている。

突如、左にコンクリの建物だ。無人のトーチカだ。不気味だ。矯《た》めつ眇《すが》めつ窺うと無線中継所と知れる。奇異の感を抱く。そそくさとその場を去る。

明るい稜線をひたすら東へ辿る。

暫くして三室山だ。五万分の一地図では六四六メートルだ。日ノ出山頂から二五〇メートル下ったのだ。吉野梅郷までは一足飛びだ。気の所為か山裾一帯の梅林が鼻を突く。

ひと息入れる。ふと見ると鹿か猪の獣道が北へ延びている。目線の先は愛宕山だ。指呼の間だ。了作は魅入られ誘い込まれる。

路は人が踏み馴れた、樵夫か猟師のものだ。暫く藪が被って酷い。こぎ分け歩く。次いで這松《はいまつ》が深い。冬の強風に吹き曝され、名の通り地を這っている。路を見失いがちだ。足元を見詰め乍《なが》ら一寸刻みの歩きだ。路なき路の覚悟はあったのだ。

それでも、凡そ一時間で愛宕山だ。五八〇メートルだ。了作は全身に風を感じて背筋を伸ばした。

途端、目を見張った。眼下に多摩川の渓谷が煌めいている。蛇行する太刀魚が真珠の光だ。吉野梅郷から鳩ノ巣渓谷まで一望に収める。清流に沿って青梅街道と吉野街道が二筋くねっている。手の届く近さだ。この絶景を了作の独り占めだ。極秘の物見台だ。了作は景勝を堪能し清風を満喫する。

渓谷美に見蕩《みと》れる顎を引いて足下を見れば、山麓の緑に鄙びた山村水郭だ。然《しか》も、街道に沿って、寺の本堂と鐘楼の屋根が随所に見出せる。即清寺、海禅寺、慈恩寺、心月院……と数えて十指に余る。周囲の雰囲気と相俟って荘厳の気を放っている。

更に驚くべきは、各々の寺に寄添う神社の甍と赤い鳥居だ。下山八幡宮、神明神社、将門神社……。

神仏習合の見事な絵巻だ。日本固有の信仰の融合調和だ。

山頂に神を祀る山々を背に鳥瞰する山紫水明は筆舌に尽し難い。歴史の為せる造形美だ。美のみならず清澄で安穏だ。希有に明媚だ。他に類がないか、了作は知らない。桃源郷の気配だ。

了作は呆然と立ち尽す。

目の前で、時間が気流になる。時間の遡行だ。明治の廃仏棄釈の旋風だ。

寺院・仏像の破壊、僧侶の強制還俗だ。その苛酷を堪え凌いできたのだ。途次で見た路傍や分岐の小さな石仏が了作の目蓋を過る。其所此所《そこかしこ》にあった。石仏は何を見、何を思ってきたのか……。信教を巡る了作の感懐は留処ない。信仰弾圧の来歴は蔑《ないがし》ろにできないのだ。

暮れ泥《なず》む空に促され、了作は麓へ下る。

雑木の灌木帯だ。樹間を急滑降だ。まるで義経の鵯越《ひよどりごえ》だ。足場の悪さに集中する。みるみる高度を落とす。伐採跡、廃屋の集落を過る。息が弾む。途切れ途切れの作業道を通る。人家の横に出る。細い道がなだらかに下る。樹林の中を抜けると渓《たに》がある。短い木橋だ。谷底を覗くと流れは小さく遥か下だ。流れの上は急斜面の山だ。

身をのりだして見下ろす。灌木に挟まれ視界を阻む。流れは誇らしく谺して心を濯《すす》ぐ。街道近くで不思議に静謐な一郭だ。現実を杜絶する。深山幽谷の気配がある。

薄闇の上流に目を遣る。谷の中腹に建物が見える。急斜面に張りついてる小さな教会だ。樹間《じゅかん》にひっそりと薄暮の中に沈んでいる。沈思黙考の風だ。奇怪でさえある。

灯《とも》が点る。窓に人影が動く。男か女か、或は男と女か、若いか年老いか定かでない。

忽ち了作の創作癖が自転する。生得の偽り話だ。幾つもの筋書きが湧く。物語が駆けだす。

主題は、巣林一枝に満足し、貧を楽しみ信仰に専心する姿だ。殉教の運びの追蹤だ。谷間の真実だ。孤独、不安、絶望に付き纏われている実存だ。薄闇に浮かぶ実存のジオラマだ。

了作は息を凝らし目を凝らす。自作自演に心動かし胸が詰る。立ち竦む。信念を曲げず一筋に貫き通す頑なさに搏たれる。一徹なこだわりは生涯を思想する。

山峰から僧侶の弾劾、谷間では隠れキリシタンに思いを馳せる。現象空間に神、仏、イエスの揃い踏みだ。想像を絶する山の中の遭遇だ。宗教現象の厖大な水脈だ。

了作は意識が遠退く。

了作は薄闇の欄干に凭れている。滾《たぎ》る心はいつしか萎えている。殉教の一貫に衝撃を受けたのだ。我が身を顧みて忸怩たるものがある。病院の対応には優柔、演劇活動にも惑いがある。

劇団員を病院の名目理事に据え、演劇活動の財的支えにする企みだ。二股掛ける下心だ。世間擦れの策だ。

演劇一筋の一貫に欠ける。

了作は目から鱗が落ちる。闇の中、粗末な橋上で悟りの境地だ。仮令《たとえ》主観的な想念の独り合点としても、了作の心的活動は顕《あきらか》だ。心理的には真実だ。

了作は帰路を急ぐ。

闇を漕ぎ分け坂を下り、吉野街道を左へ。闇に沈む吉川英治記念館の裏手の三叉路を右折する。道なりに進んで奥多摩橋を渡る。小学校の横を通り奥多摩街道だ。二俣尾駅だ。

闇の中を無難に辿れたのだ。弄《まさぐ》り弄《まさぐ》り、手探りで歩いた。夜の帳に鎖されたブラック・アウトだ。だが恐怖はなかった。山頂から鳥瞰した脳内絵図が的確に誘導していた。闇の中の盲《めくら》歩きだ。いつか目を瞑っていた。渓流が時に幽かに谺した。途中、左手に即清寺の鐘楼が気配した。眼前に海禅寺の山門と石段が夜目にも判る。闇夜に烏の気概だ。

電車待ちの駅のベンチは別天地だ。明るい。闇の王国から抜け出た心境だ。然し、爽やかな闇だった。


翌朝は快晴だ。

秩父山塊を背に奥多摩の山並が準備室から見える。山脈は様々な尾根だ。幾つも谷筋を刻み複雑だ。低山ならではの魅力を秘めている。

昨夜、懐深くにいた辺りを目で探る。彷徨った記憶だ。渓の橋、小さな教会が鮮やかだ。闇に霞んでくる。

思い邪《よこしま》なし、院長、婦長との三者会談だ。了作は躊躇《ためら》いなく事の経緯を話す。手を引く覚悟と後継の依頼だ。

二人は了作の唐突な決断に戸惑い、訝る。殊に婦長は慨嘆に堪えない様子だ。地元出身だけに思い入れが深いのだ。だが院長は継続強行を承諾する。了作はその誠意と磊落に救われる思いだ。事後処理を後日に約し、肩の荷を下ろした気分だ。

帰り際、婦長が意外な情報を齎《もたら》す。用地売買契約に絡んだ不正があったのだ。

仲介業者はともかく、斡旋した行政の課長たちの関与は以ての外だ。病院の将来が危惧される。地域医療に貢献したい奉仕の理想は、世情の現実に脆くも覆されるのだ。世間は甘くない。了作は打ちのめされる。

重い心で真相究明を急ぐ。

先ずは、地主側、了作側双方の業者を対峙させ詳細を迫る。高輪プリンスホテルの庭園だ。樹木に囲まれたガーデンカフェだ。

狼狽を隠し、頻りと困惑顔の業者は専ら否定に終始する。が、次第に心が揺らぎ、互いに相手を詰《なじ》り、果ては洋傘で立回りの始末だ。了作が割って入る。

白状した暗々裏の取決は呆れるばかりだ。錯綜する収賄だ。了作は見抜けなかった己れの暗愚を悔やむ。意気消沈だ。血で血が引き、計画は疎か、と己れの脆弱に胸が応える。生涯半ばでの悔恨頻りだ。

後悔先に立たず、全ての決済は既に済んでいるのだ、取返しがつかない。せめて、今後の病院運営に支障を来す萌芽を摘み、順流の布石を探る。地元の協力態勢の為、行政、医療、経済関係のキーパーソンに接触し、尽力を仰ぐ。その上で一切の権限を院長に譲渡する。

斯くして、演劇と医療の活動併呑は夢のまた夢に了った。どだい了作が医療、慈善に色気を示すのは自惚鏡なのだ。

了作は『赤ひげ診療譚』を一読、深く感動した夜を忘れない。

山本周五郎の八つの短篇から成る長編小説だ。

幕府の御番医になるべく長崎での三年修業から戻った若い医師が、小石川養生所に医員見習を命じられる。その医長が「赤ひげ」とよばれている。医長は治療に当たって手荒く、言葉も乱暴だが、四十代の精悍さと、六十代のおちつきが少しの不自然さもなく一体になっている人物だ。若い医生はことごとに、赤ひげに反抗するが、その一見乱暴な言動の底に脈打つ強靭な精神に次第に惹かれてゆく。傷ついた若い医生と師との魂のふれあいを描いている。

絶えず人間の暗い深層を見つめ続け、それに決してたじろがない姿勢を維持する、山本文学の快作だ。

この作品は話題をよんで、黒澤明の演出で映画化された。

この赤ひげ先生は、江戸中期小石川に実在した人物で、本名小川笙船《しょうせん》という漢方医だ。

江戸市中の身寄りの無い病人の救済のために、小石川養生所を提案し「医は仁術」を実践した名医なのだ。

一六七二年、小川利重の子として生まれる。

一七二二年、目安箱に江戸の貧困者や身寄りのない者のための施薬院の設置を求めた。

徳川吉宗は南町奉行に養生所設立の検討を命じた。

奉行から呼び出され設立の構想を答える。

一、病人保護のため、江戸市中に施薬院を設置する。

一、幕府医師が交代で治療にあたる。

一、看護人は、身寄りのない老人を収容して務めさせる。

一、維持費は、欲の強い江戸町名主を廃止しその費用から出す。

町名主廃止の案は反対され、施薬院の案は早期から実行し、吉宗の了解を得た。

笙船は養生所の肝煎に就任した。

一七二六年、子の隆好に肝煎職《きもいり》を譲り隠居し、金沢に移り住んだ。

一七六〇年、病死。享年八十九。小石川の光岳寺に葬られる。

小川笙船の生涯も然《さ》る事ながら、山本周五郎の『赤ひげ診療譚』は人々の心に「医は仁術」の楔を打込んだ。その仁術は戦後永く社会の良識にさえなった。医療は世の為人の為と短絡に思い込んだ。医師や医療関係者は尊敬され憧れの的になった。

了作の『赤ひげ診療譚』に感動、医療へのめり込み、挫折、は扨措《さてお》くとして、人々は古来「医は仁術」の理念を誰もが持つべき理想として受け入れてきた。

小石川養生所は貧しい者には無料の施設だ。「養生」を前提として、病気になれば国が助けてくれるという医療制度を社会全体で共有してきたのだ。

江戸時代の東から、西からの医術の伝来を和魂漢才、和魂洋才の医として吸収し活かし、仁術として、人々が社会生活を営む基本理念になったのだ。

其《それ》にしても技術の進歩は著しい。

江戸時代の腑分け、現代の解剖を含め、人体を切開し、構造、組織、病の状態を調べてきた。

現代では、ＣＴ検査（コンピュータ断層撮影）、ＭＲＩ検査（核磁気共鳴）など画像で、体内を切開くことなく詳細に観察することができる。また多能性ｉＰＳ細胞は、再生医療、新薬研究へと活用されていく。

この最先端医療を含む医療革命の時代にも、古くから連綿と続いている「医は仁術」の理念は不変なのだ。

その理念の実践と重視は必須だ。

折りも折り、二〇一一年三月、東日本大震災が発生する。死者一万五千人、行方不明者三千人以上。凄まじい被害だ。

続いて福島第一原子力発電所で原発事故を起こす。史上初の「原子力緊急事態宣言」だ。

メルトダウン、放射性物質の飛散、作業員の被曝、汚染水の海洋投棄、事故処理方針の混乱、低線量被曝、と難題が次々と目白押しだ。

いま現在も、事故収束への見通しはたっていない。多量の放射能は放出され続けている。放射能に最も弱いのは細胞分裂が活発な子どもたちだ。それへの低線量被曝の影響の軽視、隠蔽の経緯は深刻だ。

福島県の子どもの甲状腺被曝率は四五％、と原子力安全委員会が発表した。国の無策で子どもたちが甲状腺癌に苦しむ可能性が大なのだ。

これは、ひとり医療だけでなく様々に絡み合った危機なのだ。それは誰もが一部だけしか見ない、全体を考えない、そのために引き起こされている危機なのだ。

了作の目の前に、ノーベル賞受賞者たちのニュース写真が並んでいる。生理学、医学、物理学、化学賞と多彩だ。明るい話題として、才能高く、世界に誇っている。

彼らの叡智を結集して、放射線被害者へ「医は仁術」を施し、程なく来る原発の耐用年数による廃炉、自然消滅する運命を見守りたい。

利益優先の威力の監視はおさおさ怠ってはならない。

暫時、沈思黙考だ。

勿論、経済、経営面の熟慮断行に俟つことは大きい。だが、あくまでも理念完遂を援けるためのものだ。

それが、いつのまにか経済行為としてのみ捉え、経済効果の軽重を問う風潮になった。当然の如く「採算とれるか、儲けになるか」の表現が生まれた。医療には最も唾棄すべき言葉だ。

世は、利益優先の金融資本主義の真っ只中だ。

医療、介護はその枠から除いてほしい。福祉関係は外してほしい。教育関係も。

利益優先はアミーバのように蔓延だ。阻止不能だ。人は、考え無しで流れに乗る。軽薄は易い。楽に耽る。享楽主義が待ち受ける。

医療技術の進歩、医療制度の先鋭化に煽られて、医は仁術の理を蔑ろにしないことだ。理非を弁《わきま》える。誠意を尽くし事にあたる。それしかない。利益優先に抗う覚悟と技術を培うのだ。

了作は己れの無能力を省みず病院設立に挑み、失敗した。身の程知らずに痛烈な竹篦返《しっぺ》しだ。仮に、開設、船出したとして、その後の医療制度の変遷、診療報酬の激変の渦の中で、了作は必ず失脚負けの憂身をみた。

医療制度変革への溝は深い。

希望に縋ろうとする無力感への細心の対応が必須だ。

了作は変り身が早い。翻って一意専心とばかりに演劇に一貫する。

劇団員を結集する。稽古場を新築、集団創作、共存生計の方針に則す。詩の朗読を劇化して四季毎の上演に拘り続ける。

将に敗戦から二十年、六〇年安保から五年の時季だ。高度成長期を突っ走り、オリンピックを体験、新幹線と首都高速も開通した。

古い殻を破って、解放と自由を求め、多種多様な新しい文化の芽が根づき始めていた。寺山修司の「天井桟敷」が動き始め、唐十郎の「状況劇場」が街頭に進出する。

一方、ベトナム戦争は内戦から国際戦争へと泥沼化し、日本最初の本格的市民運動「べ平連」が生れる。中国では毛沢東が学生を動員して文化大革命を発動、猛威をふるう。

日本では大学が騒乱状態を呈し、青年の反乱が相次ぐ。遂には、東大・安田講堂をめぐる学生と機動隊の二日間に亘る攻防戦へと展開する。そして安田砦は落城する。反抗終息と体制内化の発動だ。

この機に、了作は小劇場の開設を決意する。改革運動の現場に立ち合った人たちの状況報告と展望を客と語り合う場だ。社会に向って開かれた場だ。了作は以後三十年余の歳月、劇場運営と各地への演劇活動に忙殺されることになる。

何時しか二十世紀も去り、次の世紀の中で身を揉んでいる。

梢の風から足元の石仏に了作は目を落とす。

のどかな顔に五十余年の時間の澱《おり》を注ぎ込む。見る間に白髪が頭と顎に生える。暗く重いと咳く。熊笹が鳴り、石が撥ね、渦を巻く。時間の渦巻だ。了作は金縛りだ。眼の前が昏くなる。脳震盪だ。束の間、失神・眩暈・耳鳴・頭痛の症状の中だ。だが大脳皮質の思考・言語機能中枢だけは活発だ。沈黙の中で呟き、語り、思考は回転する。深層意識の言葉だ。

了作の生涯はほとんど二十世紀だ。

二十世紀は戦争の世紀と云われる。が、経済のグローバル化が進み、文化的にも国境を超えたネットワークが築かれた。

戦前、戦中の皇国史観は扠措《さてお》くとして、戦後の五七年にサラリーマン人口は千七百万人だ。六七年には二千五百万人。サラリーマンをモデルにした社会の平準化が進み、中間層の中核になり中流意識が広がった。七三年、政府の世論調査で、生活程度・中、の答が九割を超えた。一億総中流意識だ。

然《しか》し九〇年代以降、企業の間で終身雇用や年功序列の日本的経営を見直す動きが加速した。社会の安定に貢献してきた中間層は分裂し、二極化が進む。米国型競争原理の導入で格差が拡大した。

朝日新聞の記事が蘇る。「ゴルバチョフソ連元大統領はかつて〈日本は世界で一番成功した社会主義国だ〉と言ったという。官主導の一種の計画経済が機能、社会資本の分配がうまくいき、格差の少ない社会になった、という意味だろう」。

分厚い中間層の中流意識は貴重な存在なのだ。

この意識の流れは中々揺るがず略《ほぼ》三十年も続いた。流れに変化が現れたのは、〇一年小泉政権発足以降だ。

この政権四年間の規制緩和、構造改革で、格差と貧困、雇用不安、地方の疲弊を拡大させた。中でも、〇二年度から年二千二百億円の社会保障費抑制策が、〇九年度までに総額八兆円の歳出を削ったのだ。低所得者や高齢者ら社会的弱者を支える社会保障システムが機能しなくなり、現場から悲鳴があがっている。戦後の共同体意識は薄れ、人間を第一義とする共生経済は最早《もはや》望めない。前途は暗澹としている。

颪にそよぐ梢が喧《かまびす》しい。

突発性脳障害が回復する。木漏れ日に石仏が鮮やかだ。熊笹によく映えている。風が通る。

了作は立ち尽くしての邯鄲《かんたん》の夢だ。短く儚い。深層の意識が無意志の想起を促す。無限の連鎖に向っている。湧いた言葉が繋がる。言葉と言葉が恋をし、結合する。不可思議な感覚だ。了作は言霊の力で言葉の連辞を断ち切る。だが思考は尚《なお》空回りしている。

風が坂の麓へ誘っている。

石仏は穏やかに五十余年不変だ。昨日に変らない石仏を、昨日に変る了作が緩《ゆるり》と懐かしむ。

今生の暇乞いして、麓へ急ぐ。急坂に木漏れ日の影がちらつく。曼陀羅模様だ。

駆け下る。樹林の中の長い下り道だ。ぐんぐん高度を下げる。

落葉樹の灌木帯だ。坂が緩む。道の両側から延びた枝が頭上を掩《おお》う。緑の隧道だ。遠くまで続く。陽が漏れて緑の濃淡が無数に点滅する。眩しい異界だ。急ぎ歩く。体の輪郭が緑色に染まる。炎える緑で貌が熔けだす。了作の影が光輝を放つ。

言葉が追いかけてくる。

今し方、石仏に刻み遺してきた述懐の断片だ。返り攻めだ。

五十余年前の時間の残滓だ。中断した病院の去就の正否だ。強行して現在に至れば医師不足と財政難の現状だ。

医療行政の惨憺は目を覆う。病院経営を不能にする診療報酬の引下げは、了作には堪え難い難局だ。筵《むしろ》旗での陳情か、絶望の自殺かの二者択一は必然だ。瀕死の患者たちに囲まれては、日夜の懊悩徘徊は避けられない。身近に病院が欲しいと切実な住民への裏切りだ。

結局、病院の断念は了作に幾許かの余生の享受を齎《もたら》したのだ。選択に半ばの納得乍《なが》ら、了作は釈然としないままだ。その後、院長が中学校建設用地に転売し、病院設立を白紙撤回した報せには、衝撃と悔恨の情頻《しき》りだった。了作は良心の呵責に苛まれているのだ。優良な医療制度への改正は、次の政権交替までの忍耐なのだ。

述懐が途切れる。

突然、凄愴な低音のピアノの連打だ。振向くと恨みがましい瞳の群れだ。痩せ曝《さ》らばえた病人の群れだ。髑髏だ。滑るように近づく。風になる。恐怖で逃げる。加速する。風が追いつく。背を押し、耳を掠める。

〈一緒に行こう。怖がって顔を隠すな。力尽でも連れてくぞ〉

魔王の声だ。シューベルトだ。緑の生垣が反射する。これは死への隧道なのだ。了作は想起する。臨死体験者のほとんどが光のトンネルを通った、音楽を聴いた、の報告だ。

了作の親しい老爺が温泉に沈み、救急車で運ばれ既《すんで》に命拾いした。曰く〈あの世へ行ってきたよ。綺麗なトンネルを走ったよ。光が視え、音楽が鳴ってたよ〉。了作には唯一の生き証人だ。

了作は死への隧道を走る。魔王が追う。息遣いが生暖かい。馬のひずめの音と、風が梢を鳴らす弦楽だ。濃密な情感が死に向う。死は親しい存在なのだ。最後、子供は父の腕の中で死ぬのだ。了作は覚悟を定める。走り乍《なが》ら死に沈んでいる。

低弦が強調する。高弦を支えて官能的な響きだ。立体的な深みと奥行だ。魅惑で総毛立つ。次低音が歌う。

〈私は友だ。恐いものではない。機嫌良く私の腕の中へ。優しい乙女よ〉

死神だ。死と乙女だ。

不思議なおののきだ。人間の生と死の争いだ。官能的な音の群れが浄化を求める。感情表現は多彩で多様だ。弦楽四重奏だ。

死神の主題が激しくリズミックだ。次いで六つの変奏が甘美に憂欝だ。盛上って渺渺《びょうびょう》と野辺送りだ。シューベルトの隧道なのだ。緑の壁や天井に谺して轟く。

感動で心が躍る。足が躍る。体を揺すぶる。居た堪らず、叫ぶ。大声で泣きだす。

吼える。猛獣になる。霧を掻き分ける。纏わる霧の瀑布を払う。濃霧だ。山霧と踊る。谷霧に波乗り。霧しぐれを突っ走る。蒸気霧に浮く。海霧が咽び哭く。霧に搦められる。

弦楽は続く。

音の変化は滑らかで肉感的だ。恍惚に誘われる。身を委ねる。緑の闇がくる。意識が遠退く。


熊笹の葉先が刺激して了作は覚醒する。笹叢《ささむら》に臥《ふ》せている。三段跳びの着地の恰好だ。

首を擡《もた》げる。霧は晴れて灌木の隧道は遥か後方だ。緑の呪縛に逆らって喚き藻掻いて放りだされたのだ。出口のない修羅窟だ。

遡行する時間に抗い、過剰に湧く言葉と争ったのだ。深層意識が言葉になり具現したのだ。膨大な言葉が了作を喰い、押し倒すのだ。無数の蟻が象を喰い倒すように。だが倒される度に立ち上ってきた。

了作は日常社会の言語現象の言葉には不信と欺瞞をみる。言語の桎梏を脱し、深層意識の表情や手振りに信をおく。拘りだ。だが了作の脳裏を走る言葉の過剰想起癖には常に難渋しているのだ。

見上げる梢は見覚えがある。

了作は呆然と立上る。山道の樹影は見覚えがある。既視感ではない。五十四年経ての現実だ。同一光景との再会だ。過去の確認でもある。遡行する時間の光だ。

だが膨大な時間の浸蝕や時間の透過の痕跡がちらつく。変容した時間の塊が了作に挑む。生涯を締括る経緯を探る。死を前にした悔恨と懺悔を迫る。空即是色、空であることで現象界がある。大地もまた雲のごときものなのだ。

了作は思い込み強く独り合点する。

暮れ泥《なず》む気配に坂道を降る。足元は確かに大地だ。だが雲の中だ。浮遊して歩く。

見覚えの樹林を抜けると見覚えの木橋だ。欄干に凭れて谷底を覗く。目を疑う。そっくりそのままだ。昔と寸分違わぬ静止画像だ。谷の急斜面に教会が潜んでいる。薄暮に沈んでいる。谷間は静謐だ。谷霧が淡く漂う。五十四年の遡行を顕す。永年変らずにいたのだ。不撓不屈の存在だ。了作の想念と実在の一致だ。胸がつまる。原体験を想起させるイメージの原光景だ。

又もや、心の奥底に隠れていたものが湧き上る。闇の豊饒から立ち昇る言葉だ。深層意識の言葉は増殖して流動する。原光景と遭遇の衝撃だ。沈黙の裡で言葉が過剰に湧出、連結する。

了作は目眩《めくるめ》く思いだ。

先刻の緑の隧道の修羅は懲《こ》り懲《ご》りだ。内部の言葉は不意に襲いかかり予見不能だ。而《しか》も、了作は語りながら聴いているのだ。完全な主体の壊乱だ。人間の一生は身が言葉によって壊される歴史なのだ。原光景に刺激され、どっと押し寄せる言葉の群れが恐ろしい。狂気の錯乱に怯える。

了作は後退りする。言葉を払除けるように首を揺する。現場から離れる。

その瞬間、薄闇の中、建物に灯が点《とも》る。霧に沁みて緋色の塊が熾《おき》のようだ。原光景の質量が緩と了作に分布する。了作は灯の中の人物に成り切る。時間の中に遡行し移動したのだ。〈もう一人の他者〉として了作はそこで暮していたのだ。〈影法師〉として自分の内部に宿るのではなく、外にまざまざと見えるのだ。

痛いほど凝視する。

込み上げるもので了作に涙が滲む。

万物の根源は、表層、深層意識の言葉が生み出しているのだ。言葉以前の知覚を求めても、再び言葉のもとに連れ戻される。知覚は言葉による認識なのだ。

自然は水際だつ。

了作は自然を尋ね、原光景を尋ね、漸くの原光景を前にして過剰想起だ。

了作は打ち拉《ひし》がれる。

了作は坂道の闇を降る。闇の麓へ降る。

哲理の死角　踊る教材

見渡すかぎりソバの花だ。満開の白い花だ。水田の転換畑だ。ソバは八ヶ岳南麓の冷涼な気候に最適だ。

里山の切株に腰かけた了作の眼前に白い花々から立ちあがる白い靄が陽に揺れている。低い羽音を立てミツバチやアブが花から花へ飛び回る。その虫たちを誘う花が特殊な匂いを発散する。ソバは自分の花で受精できない虫媒花だ。

白い花は小さく可憐だ。茎は細く水分多く柔らかい。畑は清潔な感じだ。雑草が見えない。ソバ自身が雑草の発芽と成長を抑制する物質を根から分泌するのだ。

この奇妙で可愛い植物のソバは、いつ作物のソバになったのか。

歴史的に見れば縄文時代、すでに日本にソバがあった。

ソバが麺のそばとして「そば切り」が「そば」になったのは江戸時代だ。

了作の蕎麦好きは、物故した俳優中村伸郎に負う所が多い。粋な感性で蕎麦に対し了作を魅了した。二人で良味の蕎麦屋を探して歩いた。

その後、了作は粋な蕎麦屋の亭主との出会いを期待して方々旅をした。沖縄そば、出雲そば、信州そば、所謂そば所は各地にあった。終には、麺フェスティバルの仲間に入るほどの〈そば狂い〉になった。

そのマニアも眼前の渺茫《びょうぼう》たる白い花畑には驚愕の一語だ。広く果てない海原だ。

溢れ出る白い花、靄、匂いが立ち寵め、了作は目が眩《くら》み網膜に白楽天の「蕎麦　花をしきて白し」の詩句を映す。

靄の混濁を透かして注視すれば、目線の先に甲斐駒だ。

了作に覆い被さる近さだ。夕泥《なず》む天空の翼雲も呼応して頭上から襲いかかる。陽は将に稜線の際に踏み止まって金の斜光を射竦めている。

黄金の時刻の滴り、その絶景は千載一遇の瞬間だ。

了作は里山伐採の疲労が体中から抜けていく感じだ。刈払機を傍らに、その場を去り難く光景に陶酔、見惚れていた。

ふと目蓋を過ぎる影を感じて顔をあげる。大きく角張って平たい顔がある。背が高く、大きながかいで普段着姿の男だ。虚ろな眼で了作を見下ろす。鈍重と狡猾の共存した視線だ。

異様な雰囲気に了作は身構えて見返す。すると、男は逸らした目線の方向へ体を捻って、村里への道を歩きだす。逆光を浴びた大男の背は肩を怒らせまるで衣紋掛けだ。

甲斐駒岳に黒雲が立ち昇り、暗黒色の断崖絶壁に変わり、鋸岳を従えた城が出現する。

荘厳な交響曲が響きだす。ワーグナーの楽劇「ニーベルングの指輪」だ。彼はこの大規模な楽劇で、権力への欲求が世を没落させるという思想を主題に表現した。

彼は作曲家であるだけでなく作曲のための創作する詩人だった。音楽と文学の受胎を行なった天才だ。

了作は敗戦後「日本語とサウンズ」という課題に執着した。即ち、詩と音楽の融合を目指した演劇運動を地下劇場から全国展開していた。

ワーグナーの歌劇に触れた了作はその音楽と劇的成熟に刮目、忽ち人形劇「指輪」上演の構想を練る。然し、数年の準備の末頓挫。断腸のワーグナー狂いだ。

いま、異形の男に遭遇しても、耳馴染んだワーグナーの演奏が鳴り響く。了作の前を去った男は、鎮守の林の脇を曲がる。背が老いの侘と頑を後に振り撒く。

その姿は「指輪」のファフナーに重なる。ファフナーは登場する巨人兄弟の兄だ。主神ウォータンが巨人たちを使ってワルハラ城を築く。その報酬に女神ではなく秘宝、黄金の指輪を手にする。ファフナーは大蛇に化け洞窟に籠り指輪を守る。後、ジークフリートに霊剣で殺される。

大袈裟で物々しい演奏が沸き起こる。〈巨人の動機〉だ。巨大な楽劇の指導動機が管弦楽で流れる。光景一杯に広がる。

強烈な夕焼け雲の甲斐駒に炎上するワルハラ城が見える。馬に跨がったブリュンヒルデとジークフリートが炎の中を掻い潜る。鎧姿の女騎士たちが山から駈け降りる。序曲「ワルキューレ」が了作の耳を劈《つんざ》く。雲の切れ間から射し込む、幾筋もの金の光は炎となり、屹立する巨人は世界を手にする。次々と展開する楽曲の響きは登場人物たちの交錯を追い続ける。ワーグナーの大規模な楽劇が見る間に凝縮、抜粋されて終演を迎えている。

かなりの時刻、了作は甲斐駒から鋸岳、アサヨ岳、鳳凰三山と南アルプス一帯の夜空に写されるワイド画面の映像に魂を奪われていた。

幻想、幻視ですっかり夢中遊行症の了作は立ち上がる。甲斐駒の天の金星を眺め、山荘への夜の道を辿る。

先程の怪老人のことは最早了作の念頭に全く無かった。

老人との再度の遭遇は早かった。

翌週、村外れの昔庄屋の屋敷でだ。手入れの行き届いた庭木が目を引いた。濃緑色の刺々しい葉が犇《ひし》めくイチイの生け垣が続いていた。

突然、暗い針葉の隙間から、人間のぎょろ目があった。散歩の了作を凝視している。了作の風貌は一見して村民ではなくキタリモンだ。村民は他所からの人間を区別する。キタリモンは「来たる者」だと了作は勝手に解釈している。

又々、男との睨み合いだ。此の度は了作が目を逸らし村里の方向に歩いた。通りがかりに門標を見た。了作はわが目を疑う。

「○○」とある。見覚えのある名前だ。驚きとともに記憶が蘇る。

彼は元中学校長だ。数十年前、女子生徒に強制猥褻、迎えの母親にも性的行為に及ぶ事件を起した。その新聞報道は世間を震駭《しんがい》させた。

了作の山荘から徒歩五分の近さの住居だ。里山で接した怪老人の容貌がクローズアップする。

知らぬ間の隣近所だ。

半信半疑の了作は村の知り合いに確認する。誰もが事件そのものは肯定するが、批判は一切しない。中には「剛健な人」とさえ言う。了作は質問には臆病なほど慎重になる。村のほとんどが彼の親戚、縁者だと気づく。

それにしても誰も非難めいた表情を浮かべない。事件に衝撃を受けた風には見えない。罪を憎んで人を憎まずの美徳に溢れているのか。古い封建社会の残渣の中に生きる村落なのか。

了作は狐につままれる。

お咎めなしは、以前ならいざ知らず、現在なら確実に懲戒免職だ。マスコミ、世論からの一斉の糾弾は免れない。

大柄な元学校長は矢張、ワーグナー楽劇のファフナーなのだ。中世北欧の英雄伝説の物語だ。千年前の北欧の森が八ヶ岳南麓に実現する。甲斐駒とワルハラ城が鮮かに二重写しになる。

了作のワーグナー狂いは病膏肓、恒常現象だ。

二十一世紀、里山の林や村の佇まいの実景が了作の脳細胞を覚醒させる。

それにしても、この地域の元学校長の多さは不思議だ。

里山の高みから見渡すと、元校長の所在が判る。北にも南にも住居の屋根が、東や西には屋敷の木立が遠望できる。その数倍の教職員の存在も推測できる。数の多さの謎は不明だ。

「教育県」の評判の高さは隣の長野県のものだ。了作は数年間沖縄で過ごしたことがある。那覇市の教職経験者の占める割合の大きさは突出している。理由は、敗戦後、米軍作業と教職の外の就職は困難だったのだ。

逆説的には、貧しさが教職希望者の増加を生む、が了作の独断と偏見だ。了作は教職者には批判的だ。友人は了作に「先生嫌い」のレッテルを貼った。自他とも「先生嫌い」を標榜した。大学生活は多くの教職予定者との議論に明け暮れた。思想、宗教、人生、教育論だ。

彼等は感受性に乏しく、没個性的、劣等感からくる優越感の人格だ。了作は胸襟を開くどころか偽善を見た。演劇を通じて社会の変革を夢見ていた了作には絶望的だ。親類縁者の校長、先生も微温的で日和の人形だ。接触は避ける。

了作の偏る癖を決定づけたのは、教科書採択の関わりだった。

甲斐駒から上げた目線に莢雲《さやぐも》だ。天空に莢雲が風を告げ西へ逆流だ。時間の遡行だ。

天空を時間の逆行だ。過去だ。

それは妙な夜だった。凡そ半世紀前だ。

夜更け、了作は新宿三丁目の特飲街を通った。演劇の稽古の帰り、駅への近道だ。

訝しげ乍《なが》ら閑散としている。

一軒の店先で了作の急ぐ足が止まる。男が独り手酌でカウンターにいた。寂然の姿に声をかけた。了作の親炙する文芸評論家、U氏だ。

彼は黙って指を上に向ける。接待だ、校長だ、と。彼は階下で校長は二階だ。二階は接待婦の特飲店だ。

U氏は教科書出版社の専務だ。大手筋だ。接待の現場に不意に遭遇した了作は、未知の世界を識る。教科書出版から採択に至る経緯の実態だ。予想だにせぬ営業活動だ。聖域とばかりの教育界の内情だ。青天の霹靂だ。

悲憤慷慨の了作は、まんじりともせず一夜を明かす。信頼していた人物だけに、裏切られた感じだ。業界の慣行とは言え。

翌朝、U氏の本社を訪ねる。

彼に欝積した忿懣をぶちまけ、教科書出版社として本来あるべき姿勢を迫る。誠実な販売促進を、貴重なノベルティを提案する。贈賄紛いの予算を割いての新企画だ。

彼は「中等新国語」の担当だ。

企画は国語教科書の朗読を収録、教材指導に使用するのだ。教室での鑑賞は、生徒に教材内容を理解させ、学習意欲を喚起させる。教育現場の教師には衝撃的な提供品だ。

数日後、会社役員会でU氏の提案が採用され製作決定がでる。

他の教科書出版社に魁けて、採択への新戦術に着手するのだ。当時、中学国語の全国採択率は他社全て一〇％台以下に比べ、当社のみ四〇％台だ。

この好調維持の為にも採択への新機軸が必須だ。

了作は早速制作活動に入る。

先《ま》ずプロジェクトチームを組む。収録、交渉、編集のスタッフだ。

次いで、制作、台本、予算、タレント確保、録音スタジオ契約、リハーサル準備、試聴会議編成等の委細詳細のプランだ。

この収録物を教室に提供するのは初めての試みだが、収録は手馴れた作業の範疇に属する。試行錯誤を繰り返し事情の変化に対応、スケジュールを消化し順調にできあがる。

三ヵ月後、「中等新国語・教授用指導資料〈国語教材カセット〉三学年全六巻」が完成する。

了作はこの進捗状況に有頂天気味だ。

原理原則正しければ成就あり、俗説鵜呑みだらけの世間の妨げもない。と自画自賛して、採択会議の情報を待つ。

然《しか》し、結果は了作の一抹の不安が的中して、採択活動不首尾の報せだ。担当教師側は教材カセットを優れ物と評価はするが、現実に諸経費のための実弾（現金供与）の減額は円滑な採択活動に支障だ、と酷《きび》しい。了作は慚愧の臍《ほぞ》を噬《か》む。

悔しくて居た堪れず担当編集者を訪ね、採択の首尾を詰問する。彼等は口を揃えて、教師の経済状態の厳しさを原因に挙げる。確かに戦後長い間、教師の給与所得は民間企業の略《ほぼ》半額だった。民間並みは後年、田中内閣の教員特例法まで俟つことになる。

教職は聖職か労働者かの議論もあった。然《しか》し聖職故の低所得は理不尽だ。

当時は六〇年安保闘争の渦で、五百六十万人が安保改定阻止デモに参加、国会内抗議集会で樺美智子が死亡。新安保条約批准、発効。三池闘争が拡大。各地で炭鉱爆発事故、列車脱線事故が続発、世情騒然として前途は暗澹としていた。

だが一方、新幹線一部開業、東京オリンピックと民主主義への希望の萌芽も感じられていた。

この時期、了作自身は演劇による社会変革への参加を試みていた。そんな社会状況だからこそ学校教育の果たす役割は絶大だと了作は考えていた。それは混沌の局面打開の為の希望の礎だと。

然るに、教師の教育への情熱が貧しさを超え難いとは悔しい。編集者と了作の教育現場に就いての談論風発は三日三晩に及ぶ。国電駅前の旅館で泊込みだ。出版社が上京する地方教師の接待の為に買収した社員寮だ。賄い方もいて居酒屋に早替わりだ。

彼等の分析は鋭い。酒の酔いにつれて辛辣さを増す。

教師は生来中庸で温和な性質が多く、交際範囲も教師と生徒に限定され、純真で単純な性格が保持継続される。

そして特殊社会への埋没からくる世間知らずに陥る。教科書採択の交渉、折衝では幼稚さを露呈。他者との接触に不慣れで純粋培養に近い。

必然的に日和見的になり、感性、決断力が鈍くなる。上からの職務命令だけに従順。上意下達を地で行く。

この状況が前提では教科書採択の成就に、教師の接待から勧誘への包囲網の絞り込みに周到な作為、戦略が欠かせないと、彼等は推論し断定する。了作の認識不足が浮かび出る。

了作は考え込む。

たとえ業界の慣行としても贈賄紛《まが》いの行為は、必要悪としても、唾棄すべき行為だ。

生来従順な気質とはいえ、教育界に身を置くという決意は、教育への情熱に燃えての挑戦の筈だ。現実に妥協せず、一身を顧みず子供を育てる夢と理想に賭けた筈だ。

その理想がなぜ消滅するのだ。

理想主義者が己れの理想に拘らず、現実に即して事を処理する現実主義者に変貌するのだ。いかに職務命令とはいえ、その手先になってその意のままに動く傀儡になるのだ。

そして年功序列で、末の学校長を目指すのだ。

それは他者から忍び寄る魔力であり、己れの内からも滲み出る隠された意志なのだ。それは夢や変革への憧れを削り盗り、人を現実的な木偶人にするのだ。

巷間の俗説は「乞食と教師は三日やったら止められない」という。ある著名人は「教師三年で人間駄目になる」と公言してはばからない。その筋の達人は「教師は十年で固まり、二十年で枯渇、三十年で廃棄処分だ」。

了作は完膚無きまで遣られる。

まるで四面楚歌の驚きと嘆きだ。

これほどまでに骨抜きにされる原因は何か。教壇の曖昧な高さの所為か。背にする黒板の所為か。教師は一目瞭然、黒板を背負っているのが見える、と喝破した作家がいた。

十八世紀、思想家ルソーは著書『エミール』で理想的教育論を語った。

「子どもは生きる権利があり、その権利を何人も侵害してはならない。子どもは可能性に満ちた存在であり、大人になって必要となるものはすべて教育の力によって成される」と教育の重要性を指摘した。

又、「子どもは偉大なる模倣者だ。ゆえに模倣するに値する大人に出会わなかったのなら、子どもは生涯大人になれない」と教える者は人間として完成していなければいけないと厳しい。

この教育論は、ルソーが自分の子供五人を養育院に送っていたことへの贖罪の意図があると批判もある。

だが教育の根本をこれほどまでに厳粛なものととらえた姿勢は心を打つ。了作は若年にルソーの絶筆『孤独な散歩者の夢想』を貪り読んで座右の書とする。小説風教育論『エミール』は理想の教師を描いて興味深かった。「先生嫌い」の了作は教科書採択の現実に接して、将来の教育と文化の道筋に不安を覚えた。学校現場の複雑多岐を思い知る。

教材カセットの登場は画期的なアイデアだと自惚れていた。

理想は現実にうち砕かれる。

了作は理想を掲げては、その度現実に打ちのめされてきた。理想は行為の起動力だが現実の拒否には無意味だ。

了作は、アンドレ・ジイドから読み取った「無償の行為」「情熱の完全燃焼」の実践を人生の指針にして長い。馬鹿の一つ覚えに近いといえる。ブレヒトの「演劇による社会変革」を信奉し、サルトルの「アンガァジュマン・社会参加」の哲理に肖《あやか》った活動に了作は腐心していた。同志を募っての演劇活動・劇団運営は手に余る難行だ。あるがままに流されず、あるべき姿に挑みたいと考えても、それは所詮風車に斬りかかるドン・キホーテの醜態だ。

レパートリーの選定、翻訳の採否など演劇理念の実践はともかく、公演費・活動費・劇団員の生活費など経済的トラブルは枚挙に暇なく、了作は現実面での苛酷な対応に忙殺される。ほとんど戦闘状態だ。

了作は自業自縛の己れの姿に自己嫌悪に陥る。

それなのに更に、曖昧模糊とした教育活動や教科書採択に手を砕くとは以ての外の振舞だ。端から先生嫌いのする事ではない。

この度の一頓挫は現実の諭す厳しさだ、と了作は己れの甘さに観念する。謙虚に非を認める。教科書採択の関わりを念頭から払拭しなければならない。後ろ髪を引かれる思いで教材カセットの企画を遷延する。


巨大な岩塊がある。

天空に西へ逆流した莢雲が鳥が翼を大きく広げた形に変わる。翼雲だ。強風を呼ぶ。

了作は呆然と立ち尽くす。

眼前の甲斐駒を前に半世紀の時間が遡行し、記憶が鮮やかに蘇る。

一度は遷延策をとった副教材の企画だったが、思わぬ現象で奇跡的に継続の方向に進むことになる。それも半世紀もの間。

それはひとりの男の存在による。U氏の同僚のM氏だ。普段目立たぬ、冴えない風貌の初老だ。

不意の電話に了作は訝る。懇意の間柄ではないのだ。為すべきことは為す、と遷延策の了作を短絡的思考と諫める。朴訥な口調は押しつけがましくなく確かな説得力を持つ。無意識に了作を励ます。

凡庸な市井の人の中の強烈な信念に触れて了作は恐縮する。現実に打ち拉がれた了作に、夢への憧れを甦らす。浪漫を吹き込む。

以後M氏に促される様にして、三年毎の教科書の改訂にあわせて副教材の制作が続く。この間、音盤の素材はレコード、カセット、コンパクト・ディスクに変り、実力派俳優たちの朗読が内容の濃密さを加えていく。

この頃には、後れて複数のライバル出版社も類似の副教材を制作し始める。七〇年代には各社の国語教材カセットが教授用指導資料として教育現場に目白押しだ。企画そのものがひとり歩きしたともいえる。

了作たちの企画は他社に先駆けての新製品の開発だった。先鞭をつけさせた源にM氏の支えがあった。

その後M氏とは胸襟を聞き談論は教育のみならず社会情勢、思想状況にまで及んだ。残念乍《なが》ら病を得て夭折。入院、没後を通じて、質朴な暮らしぶりが偲ばれ、高邁な精神の人柄に頭が下がる。

あの朴訥とした口調なしには副教材の存在はないと了作は肝に銘ずる。

顧みれば、半世紀前、特飲街でのひとりの学校長の登楼が引鉄で始まった事件だ。悄然と手酌のU氏の後ろ姿が、古い肉筆の風俗画然と了作の脳裏に浮かぶ。

あの教材の氾濫を想い、了作は転《うた》た今昔の感に堪えない。

眼前の甲斐駒の天空にU、Mの二人の顔が浮かぶ。そして夕闇とともに峨峨たる山膚《やまはだ》に溶け込む。

巨大な岩塊がある。山麓の街は深い夜の帳りに包まれている。

そこだけが不夜城で、昼のように明るい店舗がある。店内は勿論外に立ち並ぶ自販機の群れに、百本以上の蛍光灯が競って白い光を放っている。新装開店のコンビニだ。

その店を中心に二十軒余りの家々が寄り添っている。

五百年前、甲斐の武田信玄の父信虎がこの地に関所をおいた大井ヶ森の交差地点だ。信玄出陣所縁の諏訪神社への参道も兼る。

了作は隣町からの知人と、賑わう店内を物色している。支払いレジの家族連れを認めた途端、知人が了作に「あの男は先生だ」と囁く。彼は駅舎、駐車場、料理店でも目敏く教師を認め、その度了作に告げていた。行き交う人々の中に、真剣に教師の姿を探していた。それは了作の先生嫌いの揶揄ともとれた。

彼は二十年続いた教員生活を、昨年退職していた。自ら感ずるところあっての決断なのだ。了作とは教育状況の危機を多々辯じあってきた。彼は教師の姿をみて内心忸怩たるものがあるという。

それにしても教師か否かの識別は神業に近い。早速、その透視術の秘訣を訊ねる。

彼はいとも簡単に手の内をあかす。

先ずは服装だ。割に値の張るものを着るが、色彩、形のバランスが悪い。

現実社会のＴＰＯ、時、所、場合にそぐわない。

次いで話し方は、相手が同僚に限られ、解答含みの話題のみで内輪的だ。話の積み重ねや進展が欠如している。

そして、常に見渡しのきく監督の位置に立つ。御負《おま》けに、見られている意識で歩く。而も一元的な見られ方に馴れていて、現実の多元的な見られ方に対応できない……。

彼の説明は纏々《てんてん》として尽きない。その分析は鋭く、次第に理屈詰めになる。遂には、長年の指導要領の規制で鍛えられた断定思考は歪な人格を形成する、と己れの二十年を顧み、その傀儡人形ぶりを嘆く。

彼の自嘲の笑いは了作の憐愍《れんびん》の情を煽る。遣る瀬ない思いの了作に、侘しい後ろ姿を残して彼は夜の列車に消えた。

胸の欝積を晴らしようもなく、ただ街の灯りを眺める。家々の真上には夜の甲斐駒岳がある。月明かりに星と月と岩塊だ。白夜の山稜は妖しい。それにしてもこの界隈の教師の多さには驚く。路傍の石を蹴れば教師に当るの例え通りだ。まるで教師の国に放り込まれた感じだ。

その夜夢を見た。

夢のなかで眼が醒めた。

気がつくと仰むけに寝ていた。裸木の梢が見える。空が見える。身動きできない。胸、腰の上に落葉松の枝が交錯している。解けた粗朶《そだ》の束のなかに埋もれたのだ。

枝が重く、両手両足が痺れる。誰かが枝の端を踏みつけている。複数の人影が立っている。物言わず埋葬を見下ろしている眼だ。

ただ白い立姿が判る。背後は冬の裸木の林だ。葉を落とした冬樹は静かに内側から光を発している。すべての樹には添って立つ人影がある。林の奥まで、だ。霧で霞む。

頭上に蒼白い光の月だ。

男たちは一斉に語りだす。聞えない声で喋る。嘆く。喚く。独壇場だ。教壇だ。

男の教師の集団だ。

吐きだす言葉の花びらが霧に舞い、了作の胸に降り積む。

了作に気付かずに気付いている。無音で了作を問いつめ責める。白い男たちが白い霧の中で蠢く。

月光の蒼白い花びらが降る。

灰白色の靄が湧いて視界を遮る。

月は幻想にみちた光線で樹に凭れる人影を照らす。

女の教師の集団だ。

首はひょろ長く、おさげ髪、痩せこけて白布を纏《まと》う。憔悴に耐え、了作を黙視し詰《なじ》る。

夜の月は、幻想の光で蒼白く女たちを照らしている。

夜の月は、死の病にとりつかれ熱にうかされたように光をあてる。

老いた教師の集団だ。

校長、教頭の群れだ。あらゆる苦悩を背負って絶望と諦念に堕ちている。

矍鑠《かくしゃく》として了作を凝視し、鋭い眼差しで誹《そし》る。

病める月は死にとりつかれ、すべてを蒼白く覆う。

首を擡《もた》げ見回すと乳白色の靄と白い月だ。

靄から現われてくる白いものは了作を踏んでは通る。先生嫌いの了作に抗議の行進なのだ。蒼褪めた女たちに非難や弾劾はなく悲しげな表情だ。了作は釈明せず、耐える。息苦しい。痛みが走る。

不吉な不協和音が轟く。

シェーンベルクのピアノ協奏曲だ。

〈無調〉と〈表現主義〉の透徹した響きだ。

感覚が麻痺する。

○六年末、了作は衝撃を受ける。

改正教育基本法が成立した。

九七年、新ガイドライン制定、九九年の周辺事態法の成立から七年だ。憲法改正の動きが潜行から浮上、急遽現実化した。

教育基本法の前文は、基本法と憲法の一体性を明示している。まず新しい民主的で文化的な平和憲法ができたとし「この理想の実現は、根本において教育の力にまつ……そのためこの法律を制定する」とある。

憲法改正を真正面の政治目標に掲げる安倍内閣としては、憲法と一体をなしそれを支えている教育基本法の存在は邪魔なのだ。かくして基本法改正に白羽の矢が立つ。

了作の悪い予感が当ったのだ。

政治家は目的達成のためには脆弱な組織を狙うのだ。弱点につけ込む。

教育界は学校内に上意下達のシステムが通じ、指導要領や職務命令の押しつけがある。それに、外面の態度と、心の中で思っている事を、切り離して対処する〈面従腹背〉の態度しか取れない社会だ。

日教組と文部省の対立時代も去り、異義を唱える教師も抵抗もない。政治家が憲法改正で問題解決への突破口を開くには、教育界は絶好点だ。

今回の改正の動きの出発点は森元首相の私的諮問機関・教育改革国民会議の基本法の見直し提言だ。森元首相は低空飛行していた政権を浮揚させるきっかけを教育改革に求めたのだ。

中曽根元首相は「昭和憲法と教育基本法は一体だった。いうなれば憲法は体、教育は心です。いずれ憲法改正の問題も出てくる」と断定する。

安倍首相は、先の戦争の原因を国家主義に求めた結果、国家すなわち悪、とみなされるようになったと指摘する。そして、国家的見地からの発想を嫌うことを「戦後教育の蹉跌のひとつである」と述べ、国家という見地から教育を見直す考えだ。

基本法改正は憲法改正への道筋であることは明々白々だ。

このたびの改正の焦点は〈愛国心〉の条項だ。「伝統と文化を尊重し、それらをはぐくんできた我が国と郷土を愛する」態度という文言が条文に盛り込まれた。

又、教育の独立を規定した条項は「教育は、不当な支配に服することなく」に続いて「法律の定めるところにより行なわれる」と改められ、教育内容への権力介入の懸念が強まった。

法改正については国民の賛否も大きく分かれたが国民的な議論の高まりもなく、教育現場の声も聞いていない。

それなのに充分な審議もないまま法の成立を急いだ。何故だ。疑問は残る。

確かに、教育現場では現在いじめ、不登校、学力低下、学級崩壊、犯罪など深刻な問題がある。

それを政治家は教育基本法が悪いからと言う。その改正理由は悪い冗談で、国民操作だといえる。改正で問題解決にはならない。

それにしても成立してしまった。後戻りは許されない。

そもそも教育基本法は、戦前の国家主義への反省を出発点に〈個人の尊厳〉

を謳ったものだ。

新聞への現場の教師の投稿が訴える。

「……この教育基本法に誤りはなく、足りないとも思わない。むしろ世界中が内戦や様々な危機に苦しむ今こそ、必要なものだと思う。足りないのは学校現場を取り巻く環境の整備ではないのか。……」

元文部官僚の安嶋弥は「愛国心は法律に書くことじゃない」と述べる。

大江健三郎は、改正法第二条で〈我が国〉の、〈国〉という現行法にない言葉の意図的な導入の不自然さを指摘する。

確かに、いままでの憲法・基本法では〈人〉があって、自分たちに有利なように国家権力や教育を組織する発想だ。それが〈国〉があって人々はその国に奉仕するという発想に替る危険性がある。

「個人のために国家がある」は常に議論のあるところだ。個人中心の個人主義か、個人と共同体による相互作用の共同体主義かの深刻な論争だ。

然《しか》し、いずれにせよ「個人の主体性」という側面が外されることはない。今回の基本法改正の議論では相互作用の一方の点として「個人の主体性」さえ認めていない。

それは「権利としての教育」から「義務としての教育」に換るのだ。教育は個人人格のためでなく、国家のための国民の育成に変る。主権者としての国民が統治対象としての国民に変るのだ。

改正は政治権力が教育内容を統制し、教育現場の自主性・自律性を剥奪するための法的整備だ。これにより教育基本法は、教育の自主性保障法から教育の権力統制法へと一八〇度転換する。

これは改悪よりも教育基本法の自殺だ。「教育におけるクーデター」といえる質的な大転換だ。これを挺子に社会全体の再編成が進む。教育現場を通じて国民全体を変えていく大きな動きだ。〈戦後民主主義の安楽死〉のイメージさえ漂ってくる。

戦後七十一年、憲法九条があり教育基本法があったために、いろんな面で戦前との連続性を断ち切れなかった社会の中で、国家主義の台頭を抑えてきた。それが一挙に変る。

　それはファシズムの危険を招く予感へと、了作の思いを飛躍させる。憲法九条の廃棄は、「戦争を支える国民づくり」を経て「戦争する国民」を生むことになる。

　了作は十三歳の少国民で敗戦の衝撃を受けた。「戦争放棄」は驚きだった。嚥下《えんげ》、受容に時間を要した。それから七十一年、四苦八苦しながら曲がりなりにも戦後民主主義を培ってきた。

　敗戦の傷跡の感触は未だ生々しく、非戦の舌の根の乾かぬのに、国家主義の方向性と、競争原理による差別化の方向性が結びついた地下水脈が噴出する。戦禍の臭いが鼻を突く。六十年毎には必ず戦争だ、という俗説が正夢になる。

　了作は法改正後の黒い影に怯え、茫然自失する。

　それに就けても、この危機に教育現場の関心の薄さに了作は苛立つ。今回の法改正の動きが改憲と連動の政治主導で、教育現場から出たものでないにしても。

確かに、日教組、全教は即日与党単独採決に抗議する声明を出した。又、法改悪の国会上程阻止の意見広告もあった。

長崎市では教師や労組員のハンスト座り込み行動、盛岡市の教師たちの夜の抗議デモ行進に、了作も参加した。だがいずれも小規模で盛り上がりに欠ける。

全国の教師たちが一斉に立ち上がっての抗議行動がない。各方面と連携しての全面展開がない。加えて各メディアの協力は皆無に等しい。及び腰の報道だ。


了作は切歯扼腕する。

六〇年安保闘争が甦る。連日、五百万人規模で安保阻止統一行動に参加した。隔世の感だ。

安保闘争は、新憲法の民主主義の感覚が大衆を突き動かしたのだ。希有の大衆運動だ。

とにかく改正教育基本法は成立した。

「政治の介入に道」と新聞紙上で大見出しだ。

教育の内容に、人間の心に国家権力が介入する時代は、戦争に近づいた時だ。文化国家が軍事国家に変質していく時代だ。

了作は慄然とする。

基本法をまとめた南原繁東大総長の言葉が残っている。

「今後、いかなる反動の嵐の時代が訪れようとも、何人も教育基本法の精神を根本的に書き換えることはできないであろう。なぜならば、それは真理であり、これを否定するのは歴史の流れをせき止めようとするに等しい」。

その歴史の流れを堰き止めようとしている安倍首相の歴史観を、保阪正康は、戦前の歴史に学ぶことなく、都合の悪いことは忘れる「忘却史観」であると痛烈に批判し、岸政治が形を変えて再登場するのではないか、と示唆する。

岸政治とは安倍首相の祖父岸信介の岸内閣のことだ。

六〇年安保闘争は大学教官の安保反対の国会請願に始まった。五百万人を超える安保阻止統一行動は、女子学生の死を超えて、「岸を倒せ」の実力行使で岸内閣を総辞職に追い込んだ。

今回の基本法改正は安倍首相の歴史に汚点を残す愚挙だ。半世紀を経ての国家主義への大転換は祖父の亡霊の出現だ。皮肉な巡り合わせだ。

法改正、安保闘争、いずれも原動は教師と学生だ。国家権力のターゲットは常に教育現場だ。

辻井喬は述懐する。「戦前、教育現場の方が社会より一足先に軍国調に染まっていったのを覚えています。戦争が始まった時には、それに反対できる雰囲気は消えていた。私はいま、それが怖いのです」。

了作も恐怖の渦中だ。

タイムマシンが過去への激流で溺れさす。

軍国少年了作に別れの敬礼で、勇躍死地に赴く先輩の顔。夜来の雨が悲壮感をいや増す神宮外苑、学徒出陣、戦場への行進。生等もとより生還を期せず。閲兵する白馬に跨がる大元帥・天皇。教え子を死へと教えた教師たちが並ぶ。我先に飛込む名誉の戦死、陛下の赤子たち。粛粛と白い遺骨箱の葬列が続々。了作は畏敬と羨望で後に続くと誓いあう。

敗戦の衝撃は、屈辱を天皇に詫び号泣させる。

了作の走馬灯が回る。映写機の故障だ。画面が壊れて跳ぶ、歪む、拉げる。

辻井喬の一文は強烈だ。了作の肺腑を刳《えぐ》った。彼は渦中にいたのだ。戦意昂揚を率先したのだ。

夥しい数量の死者たち。計料不能だ。死者の果てない増量を、原爆の死者たちが締め括る。

天皇御一身のために死んだのだ。死に損ないは天皇に謝罪。生恥晒すのは天皇への反逆だ。

「死んだ兵士の残したものは、こわれた銃とゆがんだ地球、他には何も残せなかった、平和ひとつ残せなかった」は谷川俊太郎の歌だ。

だが戦争の数百万の死者たちが残したものこそが「日本国憲法」であり「教育基本法」だ、とは生き残った者の彼等への切ない弁明だ。

それを根底から覆すのが安倍首相一味だ。

半世紀前の岸信介だ。祖父から孫へ。子々孫々続く軍国体質だ。いま、亡霊のように蘇生する。脳裏に浮かぶ。

了作は現《うつつ》のままに魘《うなさ》れる。

まだまだ若者の血が欲しいのか、死が欲しいのか。国家権力にはドラキュラの仮面が似合う。

了作は眩暈だ。吐き気だ。ベランダの手摺りに凭れる。目蓋《まぶた》を閉じる。

白日夢だ。

二〇一五年九月、安倍内閣は安保関連法案を成立させた。アメリカなどの軍隊をいつでも後方支援できる。

野党は、海外での武力行使を禁じた憲法に違反すると、反対、対立してきた。首相は十九日未明、衆議院で強行採決、賛成多数で可決した。

安倍首相は憲法九条の解釈変更に意欲を示し、既に一四年七月、集団的自衛権の行使容認を閣議決定した。賛否両論、激しく意見が対立していた。

この度の法案成立は、戦後七十年間海外での武力行使を認めてこなかった日本の政策方針を大きく転換させた。

この安保関連法に反対する集会で、国会議事堂正門前は、連日抗議の人々で埋め尽くされた。

まさかの軍事化だ。了作、生涯の終焉に昔日の悪夢再現だ。宙を飛ぶミサイルに地を咬むキャタピラー。血を噴く肉片。皺だらけの岸のモザイクが色染めで鮮明に安倍の表情に変る。

了作は気が遠くなる。

松林がゆっくり回転して逆さまになる。梢が下で根元が上にある。

了作は気絶する。

二〇一六年夏、各紙一斉に「教科書9社に警告」の大見出しだ。「教員らに謝礼、独禁法違反のおそれ」と続く。

教科書会社が検定中の教科書を教員らに見せて、金品を渡すなどしていたのは独占禁止法違反のおそれがあるとして警告した。各社は金品提供を認めた。文科省の調査では、対象は延べ千八百四十五人、計百六十四万円分にのぼる。

教育長二十人以上を含む、約二百人への歳暮提供も明らかになった。深刻なのはこれらの行為が、教員らへの金品提供の発覚後にも行なわれていたことだ。

了作は永く記憶の外に追い遣っていた教材問題をまざまざと思い出す。なぜ今更の問題浮上なのか。了作が一度は憤慨し、挑み、挫折したものが其儘《そのまま》姿も変えずに現れたのか。必要悪として様々な言訳、詭弁で隠蔽されていたものの露呈だ。

教科書だという聖域に妄《みだ》りの干渉を押え込んで来た業界の弛みだ。業界の不思議だ。

了作は勘繰る。黒く深い裏の力が働いたのだ。

教科書選びをめぐっては百年以上前から不祥事が起きている。

一九〇二年秋、教科書会社の社長が列車内に手帳を置き忘れた。手帳には贈賄の事実関係が克明にあった。教科書会社など二十余ヵ所を一斉に捜索、贈収賄事件の摘発が進められた。そして、栃木県知事、新潟県知事、文部省の担当者、府県の採択担当者、師範学校長や小学校長、教科書会社関係者など、四十道府県二百人以上が摘発された。百五十二人が予審に付され、百十六人が有罪判決を受けた。

教科書疑獄事件だ。

教科書国定化を計画していた文部省は、事件発覚で一気に国定化を進めた。それまでの検定制がこの事件をきっかけに国定教科書になり、それが第二次世界大戦まで続いたのだ。

教科書が問題にされるとき、教育の文脈だけでなく、明治の時代から「国家論」として位置づけられてきた。だが国家に役立つ人材を生むのが教育の目的ではない。個人の自己実現を援けるものだ。

日本の教育は強兵思想と不可分に結びついている。再軍備があり、その後、外敵に対する軍備強化があった。どんな背景があろうと教科書への信頼を損う行為は許されない。

この疑獄事件の歴史を忘れてはならない。

この国は済《な》し崩しに既成事実をしあげる傾向が強い。

「教科書9社に警告」と同じ夏。

小中学の「道徳」を一八年から教科にすると文科省が決めた。指導方法や評価のあり方も。

「道徳」が七十年以上教科にならなかったのは、教科書を使い、評価することが心のあり方への介入になる懸念があったからだ。運用次第では、愛国心を教え軍国主義教育を担った戦前の国定教科書に近づきかねないのだ。

その慎重な配慮を捨て、なぜいま、子どもの心を評価しなければならないのか。

心の評価は難しい。「指導要領」の価値観を軸にすれば、子供を枠にはめて見ざるを得なくなる、と教員は懸念する。

その教員に、学校教育での「政治的中立を逸脱するような不適切な事例」の情報提供を呼び掛けた。自民党の文部科学部会だ。中立を逸脱した教員に罰則を科すことも検討している。

何をか言わんや。呆れ果てる。「生徒や保護者に密告を促すのか」の批判続出も宜《むべ》なるかな。

目覚めては、また白日夢。

おしよせる死者たちを降り払う。

ターゲットは、天皇だ。軍部だ、と

叫んでも、聴いてくれない。

亡者出没は了作の意識の中だ、と
喚き散らして、入り込む。
了作の脳幹あたりに充満する。
了作は狂いだす。
白昼の狂人だ。
全身を拷問で打擲される。
また気絶だ。

「いつかゆく道とはかねて思えども、昨日今日とは思わざりき」。
了作の座右の銘だ。
為すすべもない。一刻の猶予もない。火急だ。震えがくる。
暗澹とした了作は、聳える甲斐駒岳に訴え、縋る。
巨大な岩塊がある。黙して不滅だ。
国は滅び、人は死ぬ。

文化国家も軍事国家も卑小に滅ぶ。

甲斐駒岳は見た。
甲斐の園、武田信玄、三代の栄枯盛衰。
膝下の騎馬軍団、風林火山の旗頭。
戦闘と殺戮。
巨大な岩塊は不滅だ。
自暴自棄の了作が毒づく。
核兵器が頂点の暴力破壊は近い。
山の貌も換《かわ》る。
地球も滅びる。
と、瞬間、甲斐駒岳が咆哮する。
猛り狂って吼えたて響く。
了作は見る。

天空を。
視界の端を。
音速戦闘機が、爆音が、消え去る。

広い会場の椅子席は埋まっていた。なにかを待っていた。了作はその真ん中に座っていた。

すると、人々が三々五々席を離れ出ていった。漫然と眺めている。席が疎らになる。

斜め前方の顔が振向く。北陸の女史だ。

「御無沙汰、久ぶり。其の内行くよ」

「元気そうね。来なくていい。新幹線が来てから無茶苦茶」

小さく手を挙げ、彼女は消えた。

反対の前方で振向く。東北の男だ。

「顔見に行くよ」

「瓦礫が待ってる。仕事やめた。放射能で動きがとれない」

睨むようにして二度頷くと消えた。

後方から声がかかる。熊本・肥後もっこすだ。

「生きてたのね。地震漬けよ。日本はなぜ、〈原発〉と〈基地〉止められないの」

応えに逡巡する了作に呆れて消える。

最後列から三人がかりだ。

「達者にみえる。こちら毎日修羅場だ。まるで戦場だ。日本はなぜ、〈戦争ができる国〉になったのか」

沖縄の海風で了作に迫る。

四面楚歌だ。怨嗟の声、海鳴りだ。

いつの間にか、会場は水浸しだ。滲透の海水で足元が漬かる。膝下に届く。

床下は海だ。

床面は水没。友達も沈む。了作も沈む。

巷間流布、「我ら、沈むことがわかっている船に縋りついている」

云われてから可成の時が経つ。流言蜚語でなかった、本当だった。

海水は膝上だ。やがて胸だ。焦った、逃げる、脱出を。海水が首筋だ。

途端、目醒めた。

懐かしみの温もりが掌にあった。

夢の幻影を反芻する。

死のイメージ創りの余録なのか。

沈む船からの脱出。

海へ飛び込む描写の秀逸は漱石にある。

「……自分は何処へ行くんだか判らない船でも、矢っ張り乗って居る方がよかったと始めて悟りながら、しかも其の悟りを利用する事が出来ずに、無限の後悔と恐怖とを抱いて黒い波の方へ静かに落ちて行った。」（『夢十夜』）

不遜、漱石大人の悟りを利用する。

茫然のなかの意志。

船に留まり、人々の閉塞感を拓き、果てしない課題への挑みを示唆する。

沈む船からの脱出を試みる。質疑には臆せず応える。
蔓延する欺瞞に抗い、軽薄を諫める。
各人への連絡を急ぐ。

左右社の小柳学、東辻浩太郎、細口瀬音の各氏に感謝したい。

二〇一六年秋　高嶋進

高嶋進（たかしま・すすむ）
一九三二年、新潟県生まれ。青山学院大学文学部卒業。六九年渋谷ジァンジァン、七七年名古屋ジァンジァン、八〇年沖縄ジァンジァン、八三年座間味ジァンジァンを開設。著書に『ジァンジァン狂宴』『ジァンジァン怪傑』『ジァンジァン終焉』『八十歳の朝から』『この骨の群れ／「死の棘」蘇生』（いずれも左右社）がある。前頁写真は、恐山にある宇曽利湖畔を歩く著者。

崖っぷちの自画像　死はほんとうに厄介だ

二〇一六年十一月二〇日　第一刷発行

著者　高嶋進
発行者　小柳学
発行所　株式会社左右社
〒一五〇-〇〇〇二　東京都渋谷区渋谷二-七-六　金王アジアマンション
TEL.03-3486-6583　FAX.03-3486-6584
http://www.sayusha.com

装幀　鈴木美里
カバー・本文写真　宮沢美智子
印刷・製本　中央精版印刷株式会社

Printed in Japan ISBN978-4-86528-159-0

ジァンジァン狂宴

「壊れたバランスを軌道修正する場所がジァンジァンだった――美輪明宏」1966年の誕生以来、30年間に渡りサブカルの聖地として数々の伝説を生み出してきた小劇場・渋谷ジァンジァン。その劇場主による自伝的小説。書評多数掲載。

本体価格一七〇〇円

ジァンジァン怪傑

沖縄から青森まで、ジァンジァンの活動を通じて、巡り会い、ともに生きた畏友、盟友。あの時代の裏方だった8人の魂を描き出す人物列伝。貴重な時代の証言。

本体価格一七〇〇円

ジァンジァン終焉

彼岸に渡りし友を追悼し、終焉の地を探して青森のねぶた祭、長崎の精霊流しを見、霊場恐山の地獄をめぐる。己の内面に錘を下ろし、幽明の境で思索する魂の巡礼記。ジァンジァン3部作完結編。

本体価格一七〇〇円

八十歳の朝から

平和の尊さをかみしめ、島民が一体となったあの公演、宇崎竜童、矢野顕子ら数々のアーティストが出演した一夜から30年。ジァンジァン劇場主による魂鎮の旅。

本体価格一七〇〇円

この骨の群れ／「死の棘」蘇生

伝説の小劇場ジァンジァンの劇場主には、やり残したことがあった。それは「死の棘」を舞台に載せること――。特別な想いを寄せた沖縄、奄美で出会った高貴な魂、仲吉史子、石川文洋、屋良文夫そして島尾敏雄・ミホとの交友を描く自伝小説第5弾。

本体価格一八〇〇円